CB059017

MEU FRACO SÃO COWBOYS

Pam Houston

MEU FRACO SÃO COWBOYS

Tradução de
ELIANA SABINO

EDITORA RECORD
RIO DE JANEIRO • SÃO PAULO

2000

CIP-Brasil. Catalogação-na-fonte
Sindicato Nacional dos Editores de Livros, RJ.

H839m Houston, Pam
Meu fraco são cowboys / Pam Houston; tradução
Eliana Sabino. – Rio de Janeiro: Record, 2000.
176p.

Tradução de: Cowboys are my weakness
ISBN 85-01-05839-4

1. Conto norte-americano. I. Sabino, Eliana
Valadares. II. Título.

00-1371
CDD – 813
CDU – 820(73)-3

Título original norte-americano:
COWBOYS ARE MY WEAKNESS

Copyright © 1992 by Pam Houston
Publicado mediante acordo com W. W. Norton & Company, Inc.

Todos os direitos reservados. Proibida a reprodução, no todo ou em parte, através de quaisquer meios.

Direitos exclusivos de publicação em língua portuguesa para o Brasil adquiridos pela
DISTRIBUIDORA RECORD DE SERVIÇOS DE IMPRENSA S.A.
Rua Argentina 171 – Rio de Janeiro, RJ – 20921-380 – Tel.: 585-2000
que se reserva a propriedade literária desta tradução

Impresso no Brasil

ISBN 85-01-05839-4

PEDIDOS PELO REEMBOLSO POSTAL
Caixa Postal 23.052
Rio de Janeiro, RJ – 20922-970

EDITORA AFILIADA

Este livro é para Michael

Com agradecimentos, também,
a minha mãe e a meu pai,
e a Carol Houck Smith

Sumário

Como Conversar com um Caçador | 9
Selway | 18
A Enchente | 41
Para Bo | 59
O Que Shock Escutou | 68
Dall | 84
Meu Fraco São Cowboys | 108
Jackson É Só um dos Meus Cachorros | 126
Nevasca Sob Céu Azul | 134
De Vez em Quando Vocês Conversam sobre Idaho | 142
Sinfonia | 155
Na Minha Próxima Encarnação | 159

Como Conversar com um Caçador

Quando ele perguntar "Pele ou cobertor?", você vai demorar uns minutos para entender que está querendo saber sob quais dos dois você quer dormir. E, diante da sua hesitação, decidirá que quer ver você embrulhada na pele do grande alce preto. E contará que carregou aquela pele através da tundra, empapada de água e mais pesada que um cadáver, durante duas... foram horas ou semanas? Mas a recompensa, agora, será ver aquela pele cobrindo um dos seus seios brancos. É dezembro, e você nunca deixa realmente de estar com frio, de modo que irá puxar a pele em volta do corpo e posar para ele, posar para a câmera dele, sem ter que descrever a morte desse alce.

Você passará as noites na cama desse homem sem jamais se perguntar por que motivo ele escuta a parada das 40 mais pedidas da música *country*. E por que ele doou dinheiro ao Partido Republicano. E por que não escuta os recados na secretária eletrônica quando você está presente — e você está presente com tanta freqüência que muitas vezes os recados se acumulam. Certa vez você viu que os algarismos em luz verde marcavam 15 mensagens.

Ele terá atraído você para cá, para longe da cuidadosa independência que você levou meses cultivando; mas o inverno finalmente vai chegar, os dias cada vez mais curtos e a ameaça do Natal que fazem você sucumbir. Passar as noites com esse homem significa agüentar a cara triste do seu pastor alemão, que gosta de dormir na sua cama e se preocupa quando você não volta para casa. Mas a casa do caçador é tão mais quente que a sua, e ele vai lhe dar uma chave — e você, como qualquer mulher, vai pensar que isso significa alguma coisa. Vai nevar forte durante 13 dias sem parar. Então vai ficar realmente frio. Quando a temperatura descer para 45 graus abaixo de zero não haverá nuvens — só ar parado e sol frio. O sol na janela atrairá você para fora da cama, mas ele a puxará de volta. As duas horas seguintes ele devotará ao seu corpo. Com as mãos, com a língua, ele vai expressar o que para você parecerá o mais eterno dos amores. Assim como a chave da casa, isto é simplesmente outro tipo de mentira. Mesmo na cama, especialmente na cama, você e ele não conseguem falar a mesma linguagem. A secretária eletrônica atenderá os telefonemas. Sob um oceano de paixão, peles e pêlos, você ouvirá depois do sinal uma abafada voz de mulher.

Sua melhor amiga dirá:
— Ora, que é que você esperava? Que um homem que dorme debaixo de um alce morto é capaz de um compromisso sério?

Eis o que você aprendeu na faculdade: o homem deseja a satisfação do seu desejo e a mulher deseja o estado de desejar.

O caçador irá falar sobre a primavera no Havaí, o verão no Alasca. Esse homem que afirma que sempre foi melhor em matemática irá formar as frases com tanta cautela que será impossível saber se você está incluída nesses planos. Quando ele pergunta se você gostaria de abrir uma pequena pousada rural no interior, entenda que se trata de uma pergunta retórica. Rotule essas conversas como "futuro perfeito", mas não espere que o presente as alcance. A primavera está a uma distância inconcebível dos dias de dezembro, que ficam cada vez mais curtos e cinzentos.

Ele irá perguntar se você alguma vez já atirou em alguma coisa, se gostaria de fazer isso, se já pensou em ensinar seu cão a apanhar a caça abatida. Seu cão irá gostar demais dele, irá infalivelmente depositar o pedaço de pau aos pés dele, irá deitar-se e permitir que o caçador lhe coce a barriga.

Um dia ele vai deixar você dormindo para ir rachar lenha, ou buscar a correspondência, e o telefone dele vai tocar outra vez. Você vai ficar imóvel enquanto uma voz de mulher, que se autodenomina Janie Coiote ou algo assim, deixa um recado na secretária: ela vai deixar o trabalho, dirá, e a última coisa que queria ouvir era o som da linda voz dele. Talvez ela fale tudo rimado. Talvez o contador de mensagens mude para 16. Você olhará interrogativamente para o cervo na parede, e as manchas escuras nos dois lados do focinho do animal irão dizer-lhe que ele compartilha mais coisas com esse caçador do que você jamais compartilhará. Certa noite, bêbado, o caçador lhe disse que lamentava ter abatido aquele cervo, que de vez em quando aparece um animal que não é para ser morto e que devia ter sabido que aquele cervo era um deles.

Seu melhor amigo dirá:
— Ninguém que precisa ser chamada de Janie Coiote pode chegar aos seus pés, mas por que não deixa que ele durma sozinho algumas noites, só para garantir?

O caçador vai encher o seu isopor de bifes de alce, lingüiças de carne de cervo, batatas cultivadas sem agrotóxicos, nozes frescas.

Vai dizer para você colocar o cinto de segurança, usar roupas quentes, dirigir com cuidado. Vai dizer que pensa sempre em você, que você é a melhor coisa que já lhe aconteceu, que por sua causa ele é feliz por ser homem.

Diga a ele que não é fácil, diga-lhe que a liberdade é apenas um sinônimo de nada a perder.

Eis as coisas que você vai saber sem precisar perguntar: a tal Coiote usa tranças; e usa expressões como "se achegue!". E é suficientemente macha para matar um veado a tiros.

Uma semana antes do Natal você irá alugar *It's a Wonderful Life*, que vocês dois vão assistir juntos, enrodilhados no sofá, bem pertinho um do outro. Então você vai mencionar a palavra "monogamia". Ele vai lhe contar que foi muito magoado pela sua antecessora. E dirá que nada o faz mais feliz do que passar todas as noites com você. Dirá também que existem algumas perguntas para as quais não tem resposta. Dirá que só está assustado e confuso. Claro que não é exatamente isto que ele quer dizer. Diga que compreende. Diga que você também está assustada. Diga que ele tem todo o tempo de que precisar. Saiba que você jamais conseguiria atirar num animal — e alegre-se por isto.

Sua melhor amiga dirá:
— Você não disse que o amava, disse?
Nem mesmo a ela conte a verdade. Se fizer isto, terá que contar que ele disse o seguinte: "Sinto exatamente a mesma coisa."

Seu melhor amigo dirá:
— Você não sabia o que iria acontecer quando mencionou a palavra "compromisso"?
Mas não foi esta a palavra que você usou.

Ele dirá:
— Compromisso, monogamia, tudo quer dizer a mesma coisa.

A tal Coiote virá de Montana com as grandes nevascas. O caçador telefonará no dia do solstício para dizer que uma pessoa amiga chegou à cidade e ele não vai poder vir. Vai deixar você pendurando os enfeites de Natal; vai dar um novo significado à expressão "a noite mais longa do ano". O homem que disse que não é bom com as palavras vai conseguir dizer oito coisas sobre a tal pessoa amiga sem usar um único pronome que determine o sexo dela. Saia depressa de casa. Ligue para a pessoa mais compreensiva que você conhece e que lhe dará um lugar em sua cama.

Sua melhor amiga dirá:
— Ora, que é que você imaginava? Que ele é capaz de deixar de viver como homem?

Quando você chega em casa de manhã, há uma caixa de bombons sobre o seu travesseiro. Na tampa, Papai Noel, obeso e grotesco, acaricia duas criancinhas. O cartão dirá algo como "Do seu admirador nada secreto". Abra-a. Examine cada trufa cuidadosamente confeccionada. Dê uma por uma ao cachorro. Ligue para a secretária eletrônica do caçador. Diga a ele que você não fala chocolate.

Sua melhor amiga dirá:
— A essa altura, que é que você ainda consegue ver de atraente nele?

Seu melhor amigo dirá:
— Você não consegue entender que isto é um bom sinal? Não consegue entender que isto prova como ele está ligado a você?

Dê um abraço no seu melhor amigo. Dê a ele os bombons que o cachorro não quis comer.

Naturalmente o tempo vai cooperar com a Coiote: as estradas vão fechar, ela vai ter que ficar mais uma noite. Ele dirá a ela que vai trabalhar, para poder vir ver você. Vai até mesmo deixar o seu telefone com ela, e escrever "Eu no trabalho" no bloco amarelo perto do telefone. Embora você não devesse, vai ter que estar em casa. Será você com seu cão com dor de barriga e sua árvore meio enfeitada, todos esperando por ele com uma série de perguntas.

Eis o que você aprendeu na pós-graduação: todo pressuposto contém a possibilidade do seu oposto.

Na sua cozinha, ele vai abraçá-la como se ambos fossem morrer ali. Cheire-o, procurando sinais da Coiote. Não retribua o abraço.
Ele dirá o que quer que for preciso para vencer. Dirá que se trata apenas de uma velha amizade. Dirá que a visita foi idéia dessa pessoa. Dirá que a noite longe de você deu-lhe tempo para pensar no quanto você significa para ele. Entenda que nada menos do que dormir sozinho irá fazer com que algum dia perceba o quanto você significa para ele. Ele dirá que, se você puder ser um pouco paciente, alguma coisa boa para vocês dois nascerá disso tudo, afinal. E continuará sem usar um pronome que revele o sexo da tal pessoa.
Descanse a cabeça nas mãos. Pense no que significa ter paciência. Pense na mulher bonita, esperta, forte e inteligente que você pensava que ele tivesse enxergado quando olhou para você. Puxe os cabelos. Balance o corpo para a frente e para trás. Não chore.
Ele dirá que depois de abraçar você não lhe parece certo abraçar outra pessoa. Substitua a palavra "abraçar" por "trepar com". E depois considere isso um elogio.

Ele ficará frustrado e fará menção de ir embora. Pode estar blefando ou não. Tente ganhar tempo. Faça uma pergunta que ele não possa responder de imediato. Diga-lhe que você quer fazer amor no chão. Quando ele lhe disser que o seu corpo é lindo, responda: "Acho exatamente a mesma coisa." Nunca, em quaisquer circunstâncias, fique parada na frente da porta.

Sua melhor amiga dirá:
— Eles mentem para nós, nos enganam, e nós ficamos ainda mais apaixonadas. E a culpa é nossa; nós os criamos assim.
Diga a ela que não pode ser culpa sua; você nunca criou outra coisa além de cães.

O caçador dirá que é tarde e ele tem que ir para casa dormir. Vai enfatizar a última palavra da frase. Dê-lhe um único beijo, do qual ele vai se lembrar enquanto estiver trepando com a tal Coiote. Dê-lhe um único beijo que deverá deixá-lo aos prantos se ele for capaz disso, mas não perceba se ele chorar. Deseje-lhe uma boa noite.

O seu melhor amigo dirá:
— Todos nós fazemos isto. Não conseguimos evitar. Somos autodestrutivos. É a velha rotina do cafajeste. Você tem um cachorro macho, não tem?

No dia seguinte, o sol brilhará e a Coiote partirá. Pense como deve ser fácil para uma mulher Coiote e um homem que escuta a parada das 40 mais pedidas da música *country*. A Coiote nunca, jamais, usaria uma palavra como "monogamia"; ele terá dela brandas recordações.

Se conseguir, deixe que ele durma sozinho pelo menos uma noite. Se não conseguir, convide-o para vir terminar de enfeitar a sua árvore de Natal. Quando ele lhe perguntar "como vai", diga-lhe que acha uma boa idéia manter o senso de humor durante as festas natalinas.

Planeje ser jovial e distante, e cheia de casos interessantes sobre todos os outros homens que você já conheceu. Planeje ser mais quente do que nunca na cama, e um pouquinho fria fora dela. Lembre-se de que a necessidade é a mãe da invenção. Seja flexível.

Primeiro ele vai descobrir a lâmpada queimada que não está deixando todas as outras acenderem. E vai explicar com detalhes os princípios elétricos mais elementares. Vocês vão se revezar na colocação dos enfeites que você e outros homens, ele e outras mulheres, passaram anos escolhendo cuidadosamente. Nessas circunstâncias, tente fazer deste pensamento um consolo.

Ele vai espalhar melhor a purpurina que você pôs na árvore. Vai dizer alguma coisa ambígua como: "No ano que vem você devia fazer cordões de pipoca e amêndoas." Finalmente, vai esticar o braço até conseguir pôr o anjo no topo da árvore.

A sua melhor amiga dirá:
— Por que você nunca consegue se apaixonar por um homem que seja seu amigo?
O seu melhor amigo dirá:
— A essa altura você já deveria saber que os homens sempre enganam as melhores mulheres.

Eis o que você aprendeu no livro de psicologia popular: amar significa livrar-se do medo.

Coloque Willie Nelson cantando "Pretty Paper". Ele vai convidá-la para dançar e, antes de conseguir responder, você já estará girando nos braços dele em volta do fogão de lenha, e ele estará cantarolando ao pé do seu ouvido. Antes do final da canção ele estará tirando a sua roupa, pousando-a delicadamente sob a árvore, pairando acima de você com purpurina nos cabelos. Através dos galhos, as luzinhas todas brancas, como você insistiu, irão estremecer e perder o foco, colocando em silhueta os enfeites que ele trouxe: um pavão, um ganso, um cervo.

O disco chegará ao final. Acima dos estalidos da lenha no fogão e do ofegar da respiração do caçador, você ouvirá um uivo longo e baixo rompendo o silêncio da noite gelada: o seu cachorro, acorrentado e solitário, e cheio de frio. Você vai se perguntar se ele é esperto o suficiente para ficar dentro da casinha. Você vai se perguntar se ele sabe que as noites agora estão ficando mais curtas.

Selway

Era o dia 7 de junho, e tínhamos viajado 18 horas pelo asfalto e 96 quilômetros por estrada de terra para descobrir que o rio estava cheio, a maior cheia do ano, de vários anos, e ainda subindo. A vigilante, Ramona, escreveu na nossa autorização: "Não recomendamos navegar nas atuais condições", e depois olhou para Jack.

— Vamos só até lá para dar uma olhada no rio, para ver se ele nos dá um sinal — ele disse.

Tentou pegar a autorização, mas Ramona prendeu-a em cima do balcão com seus dedos curtos e escuros. Olhei-os. Sabia que Jack não acreditava em sinais.

— Se chegarem até o Riacho do Alce, vocês terão que continuar no rio. Depois dali não haverá tempo para mudar de idéia. Vocês têm a Queda Dupla, a Pequena Niágara e a Concha de Sopa, uma atrás da outra, e nenhum trecho de águas calmas.

Ela estava falando das corredeiras. Era a minha primeira viagem para o norte, e, depois de uma primavera preguiçosa fazendo amor devagar entre as corredeiras nos rios largos e desertos, não podia imaginar o motivo de tanta preocupação.

— Se conseguirem atravessar as séries do Riacho do Alce, sobrarão apenas algumas realmente ruins; as do Riacho do Lobo são as piores. Depois disso, a única preocupação será o ponto de saída. A praia estará debaixo d'água, e se vocês passarem dela, cairão nas Quedas de Selway.

— Vocês têm um mapa do rio? — perguntou Jack e, quando ela abaixou-se do outro lado do balcão, ele mais uma vez tentou puxar a autorização. Ela empurrou um mapa dobrado na direção dele.

— Não confie nisto — avisou. — As corredeiras nem estão marcadas no lugar correto.

— Obrigado pela ajuda — fez Jack, dando um forte puxão na autorização, pondo-a no bolso.

— Houve um acidente hoje — contou Ramona. — Na Concha de Sopa.

— Alguém se machucou? — Jack quis saber.

— Não é oficial.

— Morreu?

— A água está subindo — declarou Ramona, e voltou para a sua mesa.

No local de entrada no rio, a água tinha ultrapassado a estaca que media a profundidade. O capim crescia alto e ereto através das fendas da rampa dos barcos.

— Parece que somos os primeiros este ano — comentou Jack.

O Selway tinha a temporada mais curta de todos os rios da América do Norte. Eles não limpam a neve até a primeira semana de junho, e na última semana de julho já não há água suficiente para um barco flutuar. Só permitem um grupo por dia no rio, escolhido num sorteio nacional entre milhares de pedidos a cada ano. Pode-se passar a vida inteira tentando e nunca ser sorteado.

— Alguém já esteve aqui — retruquei. — O pessoal do barco que virou hoje.

Jack não respondeu. Estava estudando a estaca de medição.

— Está ainda mais alto do que de manhã — falou. — Disseram de manhã que a altura era de 1,80.

Jack e eu nos conhecemos há quase um ano. Sou a quarta de uma série de longos namoros que ele nunca chegou a transformar em noivado e casamento. Gosta de mim porque sou suficientemente jovem para aceitar ser solteira, e não o pressiono como as outras faziam. Elas queriam que ele parasse de descer rios, que arranjasse um trabalho que não fosse de temporada, que criasse uma família como qualquer outro homem da idade dele. Não o acompanhavam nas viagens, nem mesmo uma única vez para ver como era, e eu não podia imaginar que elas o conhecessem completamente se não o conheciam no rio, se não o tivessem visto remando.

Observei-o pôr a mão na água.

— Sinta isto, garota — ele chamou. — Há uns 15 minutos esta água era neve.

Enfiei o pé na água e senti que ficava dormente em dez segundos. Passei quatro anos na universidade e devia ter mais juízo, mas adoro quando ele me chama de garota.

Nos últimos 15 anos, Jack desceu um rio por ano, cada um mais difícil que o anterior. Quando um rio está cheio, não fica apenas mais fundo, mais rápido e mais frio do que o normal: fica também com aparência diferente da do resto do ano. Fica escuro, impaciente, turbulento, como um vulcão ou um adolescente. Joga seu peso contra as margens e espuma em volta e embaixo de si mesmo. Olhar para aquela cheia me fazia querer agarrar Jack, jogá-lo sobre a rampa dos barcos e fazer amor bem ao lado do rio que passava estrondando, mas pelo rosto dele percebia que estava tentando tomar uma decisão, de modo que me sentei e fiquei olhando para o rio, a me perguntar: estando tão bravo no ponto de embarque, como ele estará nas corredeiras?

— Se alguma coisa acontecesse com você... — murmurou Jack, e jogou um pedaço de pau no meio da corrente. — Ele deve estar correndo a uns 15 quilômetros por hora. — Pôs-se a caminhar de um lado para outro na rampa dos barcos. — Que é que você acha?

— Acho que é uma oportunidade única — respondi. — Acho que você é o melhor barqueiro que existe.

Eu queria sentir a turbulência sob mim; queria descer uma corredeira que poderia fazer um barco virar. Havia meses que não corria riscos. Queria pensar na morte.

Já era de tardinha, e, uma vez tomada a decisão de embarcar, foram duas horas de preparativos antes de entrarmos na água. Nos rios do sul, às vezes embarcávamos durante uma hora, depois do escurecer, só para contemplar o que a lua fazia na água; no Selway, a cada curva havia uma corredeira que poderia virar o barco. Tão ao norte, onde o crepúsculo de junho durava uma eternidade, só ficaria completamente escuro depois das dez e meia da noite, mas na realidade não estava tão claro também, e não conseguiríamos enxergar muito à nossa frente. Garantimos um ao outro que percorreríamos uns 150 metros e então acamparíamos, mas não se pode acampar num paredão de granito, o rio tem que fornecer um lugar onde parar e ancorar.

Eu trabalhava depressa e em silêncio, perguntando-me se estávamos agindo certo e sabendo que se morrêssemos seria por minha culpa, porque, por mais que soubesse que Jack queria ir, ele não teria me forçado se eu dissesse que estava com medo. Jack era indomável, mas tinha algum juízo e muito respeito pelo rio. Confiava no meu bom senso, no meu sentimento de autopreservação, porque sou mulher, e é assim que ele acha que as mulheres são, mas nunca fui grande protetora de coisa alguma, muito menos de mim mesma.

Às nove e quinze soltamos a corda e deixamos o rio nos levar.

— Até o primeiro lugar apropriado para o acampamento — declarou Jack.

Quinze quilômetros por hora é uma velocidade grande dentro de um barco de borracha num rio que nunca percorremos, quando não há luz suficiente para enxergarmos o que há à nossa frente. Quase de imediato começou a entrar água por cima da proa, embora o mapa não indicasse corredeiras nos primeiros três quilômetros. Era difícil tirar os olhos de Jack, o modo como seus músculos se retesavam a cada remada — primeiro os músculos dos antebraços, depois os das coxas. Ele estava quieto, pensando no erro que tinha sido a nossa decisão, mas eu ria, achicava o barco (para os leigos, retirava do fundo a água que entrava pelas bordas) e examinava as margens à procura de um local plano, saltando sobre o meu banco de um lado para o outro para beijá-lo e admirando os seus músculos em movimento.

Mamãe diz que adoro o caos, e acho que é verdade, pois, por mais duro que tenha sido o ano que passei com Jack, eu agüentei, e nem sequer admito que os dias ruins ultrapassaram em muito os bons. Brigávamos como ursos quando não estávamos no rio, porque ele estava acostumado a brigar, e eu acostumada a fazer as coisas do meu jeito. Eu dizia que queria uma devoção incondicional e ele fincava pé em qualquer assunto, da infidelidade ao molho da salada, e sua opinião era sempre contrária à minha. A única coisa que tínhamos a nosso favor era o sexo, e se conseguíamos ficar sem brigar pelo tempo suficiente para fazer amor, podíamos passar um dia, às vezes até dois, antes que alguma coisa acontecesse e recomeçássemos a brigar. Sempre tive medo de parar e pensar muito sobre o que poderia significar sexo maravilhoso em ocasiões ruins, mas deve ter algo a ver com sincronismo, aquele momento durante o sexo em que somos ao mesmo tempo absolutamente poderosos e absolutamente indefesos — um equilíbrio que nós dois nunca conseguíamos atingir fora da cama.

Era a velha sulista da casa ao lado, a viúva do caçador, quem me convencia a continuar com ele toda vez que ficava furiosa a ponto de querer ir embora. Ela dizia que se não tivesse que lutar nunca saberia se ele era meu. Dizia que os rebeldes eram os únicos que valiam a pena ter, e que eu tinha de deixar que fizesse o que fosse preciso para manter-se rebelde. Dizia que não o amaria se ele algum dia cedesse, e quanto mais examinava a minha vida, mais via uma série de homens — todos rebeldes a seu modo — que pensavam que eu queria segurança e compromisso só porque dizia que queria. Algumas vezes tudo parece simples assim: domava-os e tornava-os enfadonhos como postes, e os abandonava por alguém mais rebelde do que o anterior. Jack é o mais rebelde até agora, e o mais durão, e mesmo tendo sido pedida em casamento 16 vezes, cinco delas por homens com quem nunca tinha feito amor, eu o quero inteiro para mim e em casa, mais do que qualquer outra coisa que já quis.

— Está achicando? Estou com os pés dentro d'água — disse ele.

Passei a trabalhar mais depressa, mas as ondulações não paravam de passar por cima da proa.

— Não estou conseguindo pilotar o barco — disse ele.

Eu sabia que isto não era totalmente verdadeiro, mas o barco realmente continha várias centenas de litros de água. Multiplicados por 800 gramas por litro, era mais peso do que eu tentaria controlar.

— Pronto, um lugar para acampar. Vamos tentar ir para a margem.

Ele apontava para uma praia estreita a uns cem metros rio abaixo. A areia parecia preta no lusco-fusco; a praia era comprida e suficientemente plana para armarmos a barraca.

— Prepare a corda — instruiu. — Você vai ter que saltar e encontrar logo alguma coisa onde enrolar a corda.

Ele berrou "Pule!", mas cedo demais, e afundei na água até o peito; o frio me cortou a respiração, mas consegui atravessar as rochas, chegar à praia e enrolar a corda em volta de um tronco caído; logo em seguida a corda se retesou. O barco arrastou o tronco e a mim por quase dez metros, antes que Jack conseguisse saltar e puxar a proa para a areia.

— Pode ser que tenha sido uma coisa imbecil — comentou.

Tive vontade de dizer a ele os sentimentos que a água tinha despertado em mim, como ficava cheia de tesão, louca e feliz, cavalgando aquela água que não conseguia conter-se em seu leito, mas ele estava assustado, pela primeira vez desde que nos conhecemos, de modo que calei a boca e fui armar a barraca.

De manhã a barraca estava cercada de uma fina camada de gelo, e fizemos amor como dois malucos, assim quando a gente pensa que pode ser a última vez, até que o sol transformou o gelo outra vez em orvalho e aqueceu tanto a barraca que chegamos a suar. Então Jack levantou-se e fez café, e ouvimos os barqueiros chegando bem a tempo de vestirmos nossas roupas.

Eles nos jogaram uma corda e nós a pegamos. Eram três pessoas, três homenzarrões num barco consideravelmente maior do que o nosso. Jack serviu-lhes café. Sentamo-nos todos no tronco caído.

— Vocês partiram bem tarde ontem? — perguntou o mais alto e mais moreno. Tinha cabelos escuros e encaracolados, e um rosto simpático.

Jack assentiu.
— Tarde demais — disse. — Um passeio ao crepúsculo.
— Subiu mais 15 centímetros esta manhã — disse o homem.
— Parece que o máximo de hoje serão dois metros e dez.
O documento oficial do Serviço Florestal declara o Selway inseguro com mais de 1,80. Mais de dois metros nem sequer consta do documento.
— Vocês já desceram este rio com dois metros? — perguntou Jack.
O homem franziu a testa e bebeu um grande gole de café.
— Meu nome é Harvey — disse, estendendo a mão. — Estes são Charlie e Charlie. Estamos numa viagem de treinamento. — Ele riu. — Chuá!
Charlie e Charlie assentiram.
— Você conhece o rio — afirmou Jack.
— Desci o Selway 70 vezes — disse o homem. — Mas nunca com dois metros. A causa foi a neve tardia e a onda de calor da semana passada. É uma combinação ruim, mas é navegável. Este rio é sempre navegável, quando se sabe exatamente onde estar.
Charlie e Charlie sorriram.
— Existem muitos buracos que não dá para evitar. É preciso varar por eles.
Jack assentiu. Eu sabia que Harvey estava falando das ondas que podem virar um barco. São ondas grandes que se formam nos buracos que o rio faz atrás das rochas e das plataformas, que sugam os barcos e os prendem ali, enchendo-os de água até emborcarem, e sugam os corpos também, indefinidamente, até que submergem e pegam a correnteza, ou até que o buraco resolva cuspi-los para fora. Se uma pessoa atinge um buraco com uma onda por trás maior do que o barco perfeitamente reto, há uma pequena chance de chegar ao outro lado; com um desvio

de alguns graus em qualquer direção não há como escapar do buraco.

— Nós estaremos seguros nesta banheira — disse Harvey, indicando seu barco. — Mas não sei se iria num barco pequeno como o seu. Não sei se iria num barco que é preciso achicar o tempo todo.

Ao contrário do nosso, o barco de Harvey era do tipo que não juntava água — tubos infláveis em volta de uma estrutura de metal aberta por onde a água escorria. São feitos para rios cheios, e são extremamente difíceis de virar.

— Só vocês dois? — perguntou Harvey.

Jack assentiu.

— Uma viagem de lua-de-mel. Bonito.

— Não somos casados — disse Jack.

— É — fez Harvey. Ele pegou um punhado de areia. — A areia negra do Selway... Carreguei uma garrafa cheia desta areia rio abaixo no ano em que me casei. Queria jogá-la aos pés da minha esposa durante a cerimônia. O padre achou bastante estranho, mas aceitou.

Um dos Charlies parecia confuso.

— Areia preta — continuou Harvey. — Vocês sabem, areia preta, amor, casamento, Selway, rios, a vida; a coisa toda.

Sorri para Jack, mas ele não quis olhar para mim.

— Vocês irão bem até o Riacho do Alce — explicou Harvey. — É quando o rio fica louco. Vamos acampar lá esta noite, passar a parte ruim logo de manhã, para o caso de virarmos ou rasgarmos alguma coisa. Espero que não se ofenda se eu pedir para irem conosco. Será mais seguro para todos nós. As pessoas que viraram ontem eram todas experientes. Todas conheciam o Selway.

— Perderam alguém? — quis saber Jack.

— Ninguém quer revelar. Mas aposto que sim.
— Vamos pensar. Obrigado pela oferta.
— Sei o que está pensando — disse Harvey. — Mas agora tenho uma filha. Isso muda tudo. — Ele tirou uma foto da carteira. Uma menininha de oito ou nove meses engatinhava num chão de linóleo.
— É linda — falei.
— Ela me deixa babando — contou Harvey. — Acompanha tudo com o dedo. Besouros, flores, a TV, sabe como é?

Jack e eu assentimos.

— Vocês decidem — concluiu Harvey. — Talvez a gente se veja no Riacho do Alce.

Ele se levantou, e Charlie e Charlie levantaram-se também. Um deles enrolou a corda enquanto o outro empurrava o barco para dentro do rio.

Jack serviu-se uma terceira xícara de café.

— Acha que o cara está falando merda? — perguntou-me.
— Acho que ele sabe mais do que você ou eu saberemos algum dia.
— Deste rio, pelo menos.
— Pelo menos — concordei.

Ao sol do meio-dia, o rio parecia mais divertido que assustador. Partimos pouco antes do meio-dia, e embora não houvesse tempo para apreciar a paisagem, fiquei achicando com bastante rapidez para permitir que Jack movimentasse o barco nas corredeiras, que depois de cada curva ficavam mais rápidas e maiores. O mapa mostrava dez corredeiras entre o ponto de entrada e o Riacho do Alce, e ninguém sabe quais das 50 ou 60 corredeiras que vencemos nesse dia foram aquelas que o serviço florestal tinha registrado. Algumas tinham ondas maiores que as outras, algumas tinham passagens mais estreitas, mas o rio era uma corredeira contínua e em movimento, e finalmente descartamos o mapa. Nos rios do sul, misturávamos rum com suco de fruta e comíamos ostras defumadas e queijo temperado. Ali, navegamos mais de 30 quilômetros sem tempo para tirar um retrato, beber um gole d'água. A ponte do Riacho do Alce apareceu, fomos para a margem e ancoramos ao lado do barco de Harvey.

— Merda de corredeiras — comentou Harvey. — Fizeram uma boa descida?

— Sem problemas — respondeu Jack.

— Ótimo — disse Harvey. — É aqui que o caldo engrossa. — Indicou rio abaixo com um gesto de cabeça. — Vamos levantar de madrugada e fazer um reconhecimento de tudo.

— Ainda é cedo — fez Jack. — Acho que vamos seguir.

Olhei para o rosto de Jack, depois para o de Harvey.

— Faça o que quiser — disse Harvey. — Mas devia dar uma olhada nos próximos oito quilômetros. O caminho fica óbvio quando você olha da margem, mas muda a cada nível.

— Não fizemos reconhecimento nenhum hoje — falou Jack.

Sabia que ele queria que viajássemos sozinhos, que achava que acompanhar Harvey seria, de certo modo, trapacear, mas eu acreditava num homem que jogava areia aos pés da noiva; apreciava um pouquinho de perigo, mas não queria morrer.

— Só há uma passagem através da Concha de Sopa — disse Harvey. — Foi lá que perderam a garota.

— Garota? — repetiu Jack.

— O resto da turma dela estava aqui quando chegamos. Os barcos deles estavam abaixo da Concha de Sopa. Acabaram de ir embora, todos, menos o marido. Ele não quer ir, e dá para entender. Estava remando quando ela foi jogada. Ele deixou o barco ficar de lado para a corrente. Está andando por aí há dois dias, eu acho, mas não quis entrar de novo no barco.

— Meu Deus — fez Jack, sentando-se na margem de frente para a água.

Olhei por cima do ombro para o mato procurando o marido da moça, tentando imaginar a postura dele, tentando conjurar a expressão do rosto dele. Pensei no meu tio Tim, que gastou dez anos e as economias de uma vida inteira construindo a casa de seus sonhos. No dia em que ela ficou pronta, ele vinha de marcha a ré em sua caminhonete e passou por cima da filha de quatro anos que estava brincando no caminho. Vendeu a casa em três dias e ficou completamente grisalho em uma semana.

— Há mais ou menos uma hora pousou um helicóptero — disse Harvey. — Rio abaixo, onde o cadáver deve estar. Ainda não levantou vôo.

— A água ainda está subindo — comentou Jack.

Nós todos olhamos na direção de onde tínhamos puxado o barco para a margem e vimos que eles estavam flutuando. E então ouvimos o barulho das hélices e vimos o helicóptero erguendo-se acima do rio. Vimos os 30 metros de cabo pendurado nele e então vimos a mulher, arqueada como uma bailarina sobre o cinturão preto que devem usar para transportar animais selvagens, os cabelos compridos pendurados, os braços balançando-se para trás. O piloto voou rio acima até conseguir altitude suficiente, fez uma curva e dirigiu-se para acima do paredão da montanha atrás do nosso acampamento.

— Dizem que ela esmagou a pélvis numa pedra e morreu de hemorragia interna — informou Harvey. — Foi tirada da água em menos de três minutos, e já era tarde.

Jack rodeou meus joelhos com o braço.

— Vamos fazer o reconhecimento quando amanhecer — disse. — Vamos continuar a descida juntos.

Harvey estava de pé, manipulando bules de café, antes que tivéssemos tempo de fazer amor, e comentei que se não fizéssemos, ia nos trazer azar, mas Jack disse que teríamos coisa pior que azar se não fizéssemos o reconhecimento das corredeiras. A trilha de reconhecimento estava bem usada. Harvey foi primeiro, depois Jack, depois eu e os dois Charlies. Primeiro veio a Queda Dupla, dois conjuntos de quedas feitos pela água que jorrava por cima de agrupamentos de rochedos, cada um do tamanho de uma casa, que se estendiam por toda a largura do rio.

— Na primeira queda você pode se esgueirar pelo cantinho da direita — disse Harvey. — Para a segunda não há escapatória. Só dá para manter o barco reto e forçar a passagem. Não deixe que a água ponha o barco de lado para a corrente.

A Pequena Niágara era uma queda grande, com dois metros ou mais, mas a passagem era sem obstáculos e a marola era suficientemente baixa para atravessarmos.

— Brincadeira de criança — disse Harvey.

O sol estava quase acima da parede do desfiladeiro, e muito antes de fazermos a curva já ouvíamos a Concha. Eu não estava preparada para ver o que vi. Quase cem metros de espuma estendiam-se de uma margem à outra e trovejavam acima de pedras, detritos presos nas pedras e lajes. Havia dez buracos do tamanho do buraco da Queda Dupla, e entre eles não havia espaço para um barco. A correnteza era tão caótica durante uma distância tão grande que não dava para determinar para que lado empurrar o barco. Encontramos uns troncos pequenos e subimos para uma plataforma de pedra que se estendia acima da corredeira.

— Veja se consegue ler esta corrente — falou Harvey, jogando o tronco menor no alto da corredeira.

O tronco atingiu o primeiro buraco e afundou. Não tornou a emergir. Um dos Charlies deu uma risadinha.

— Outra vez — fez Harvey.

Desta vez o tronco saiu do primeiro buraco e sobreviveu a mais dois antes de ser engolido pelo buraco maior, mais ou menos na metade da extensão da corredeira.

— Eu evitaria aquele ali, sem dúvida — disse Harvey. — Tente ficar à esquerda daquele buraco. — Jogou o resto dos troncos no rio. Nenhum deles conseguiu vencer as corredeiras. — Chegou a hora do show — disse.

Todos nós nos sentamos na pedra por algum tempo — provavelmente uma hora.

— Já viram o suficiente? — perguntou Harvey. — Ainda temos a Olho Vivo e a Miranda Jane.

Os homens desceram da plataforma, mas eu ainda não estava pronta para sair. Fui até a borda da pedra, estendi-me de bruços no chão e me pendurei até minha cabeça ficar tão cheia com o rugido do rio que fiquei tonta e me puxei de volta. A velha sulista disse que os homens não conseguem viver realmente se não enfrentarem a morte de vez em quando, e sei que ao dizer "homens" ela não estava se referindo à humanidade. E me deu vontade de saber qual daquelas pedras tinha esmagado a pélvis da mulher, e saber o que ela e eu estávamos fazendo ali naquele rio ao passo que a esposa de Harvey estava em casa feliz com aquele neném lindo. E sabia que era loucura descer aquela corredeira de bote e sabia que de qualquer maneira ia fazer isso, mas já não sabia por quê. Jack disse que tinha de fazer isso por mim mesma, para que valesse a pena, e a princípio pensei que estava lá porque amava o perigo, mas sentada naquela pedra compreendi que estava lá porque amava Jack. E talvez fosse porque as antigas namoradas dele não quiseram ir, e talvez fosse porque o queria para meu namorado, e talvez o motivo não tivesse a menor importância porque no fim das contas fazer isso por mim e fazer por ele dava exatamente na mesma. E mesmo a minha cabeça sabendo que tudo que um homem pode fazer a mulher também pode, o meu coração sabia que não conseguimos deixar de fazer as coisas por motivos diferentes. E assim como um homem nunca entenderá exatamente como uma mulher se sente ao ter um filho, ou um orgasmo, ou os motivos por que ela está disposta a lutar tanto para ser amada, uma mulher não consegue saber de que maneira um homem se satisfaz, qual pergunta ele responde a si mesmo quando olha a morte de frente.

Minha cabeça estava tão preenchida com o som e a luz do rio que quando desci da beira da laje não vi a carcaça do alce até pisar num dos cascos encurvados. Era um alce jovem, provavelmente morto havia menos de um ano, e ainda quase todo coberto de pele marrom. O crânio, que tinha sido limpo pelos animais de rapina, estava esbranquecido pelo sol e sorrindo. O som que saiu da minha boca assustou-me tanto quanto o alce me assustou, e fiquei sem graça alguns minutos depois, quando Harvey surgiu esbaforido, seguido por Jack.

Harvey viu o alce e sorriu.

— Levei um susto, só isso — falei.

— Meu Deus — fez Jack. — Fique perto de nós, está bem?

— Eu nunca grito — declarei. — Quase nunca.

Olho Vivo e Miranda Jane eram corredeiras impressionantes, mas não chegavam aos pés da Concha de Sopa, e ambas davam passagem pela esquerda. No caminho de volta ao acampamento encontramos morangos silvestres, e Jack e eu ficamos para trás e nos pusemos a botar morangos um na boca do outro, e vi que não estava zangado por eu ter gritado. Às dez e meia os barcos estavam carregados e o sol estava quente. Usávamos coletes salva-vidas, capacetes e roupas de borracha. Todos tinham botas de mergulho, exceto eu, de modo que usei meus mocassins.

— Em água fria como esta, só temos três minutos dentro dela — disse Harvey. — Mesmo com roupa de borracha. Só três minutos antes que a hipotermia comece, e aí a pessoa não consegue nadar, e acaba simplesmente se entregando ao rio.

Harvey ergueu o polegar enquanto os Charlies empurravam o barco para a água. Empurrei o nosso logo atrás do deles. Com exceção do balde de achicar e do remo extra, tudo no barco estava amarrado duas vezes e inacessível. O meu trabalho era tirar água do barco o mais rapidamente possível, sendo que cada baldada pesava quase quatro quilos, e ajudar Jack a lembrar-se de qual corredeira vinha em seguida e por onde tínhamos decidido transpô-la.

Vi o primeiro buraco da Queda Dupla e gritei "Direita", e conseguimos passar com o barco seco. Mas depois disso, não sei como, o barco ficou de lado e tivemos que encarar a grande onda de costas. Jack berrou:

— Segure-se, garota!

Atingimos a onda em cheio e encheu o barco, mas logo estávamos adiante e avistamos a Pequena Niágara antes que eu tivesse tempo até de começar a usar o balde.

— Estamos indo a quase 20 quilômetros por hora, pelo menos — gritou Jack. — Esta aí é qual?

— Niágara — gritei de volta. — Centro, à esquerda.

O barulho do rio engoliu minhas palavras e tirei apenas dois baldes de água antes de chegarmos à beira da Niágara — aí precisei me segurar com firmeza. Dava para ouvir a Concha de Sopa depois da curva, e estava achicando tão depressa que perdi o equilíbrio. Ouvi Jack dizer "Achique mais depressa!", e foi então que deixei o balde cair dentro do rio e, sem querer acreditar, vi-o afundar, e vi Jack ver isso também, mas estávamos na Concha e tive que me sentar e me segurar. Observei o barco grandão de Harvey saltando como se fosse uma rolha, e acho que fechei os olhos quando a primeira onda estourou no meu rosto, porque a próxima coisa que vi foi que estávamos fora da parte pior e Harvey estava de pé sorrindo para nós com o punho erguido.

Via a Olho Vivo logo depois da curva e não me lembro dela ou da Miranda Jane porque estava ajoelhada na proa do barco tirando braçadas de água sem parar.

O grupo inteiro encostou na primeira praia que achamos, bebemos uma cerveja e nos abraçamos, indecisos como moradores de um prédio depois que o incêndio foi apagado.

— De agora em diante é com vocês — declarou Harvey. — Vamos acampar aqui. Dêem uma olhada no Riacho do Lobo, e não deixem de encostar antes das Quedas Selway. — Ele pegou um punhado de areia preta e deixou que escorresse entre os dedos. Virou-se para mim. — Ele é um bom barqueiro, e você é muito corajosa.

Sorri.

— Cuidem um do outro — ele disse. — Fiquem na tona.

Partimos sozinhos, o dia nublou, começou a chover, e eu não conseguia fazer a topografia corresponder ao mapa do rio.

— Não sei onde estamos — disse a Jack. — Mas o Riacho do Lobo não pode estar longe.

— Vamos ver quando chegarmos. Ou ouvir — disse ele.

Mas não passaram cinco minutos depois que falou quando viramos uma curva e estávamos dentro dela, as ondas estourando para todos os lados e Jack tentando encontrar uma passagem entre as rochas e os buracos. Também estava atenta e acho que vi a passagem uns 15 metros à frente, e na mesma hora ouvi Jack dizer "Segure-se, garota", e chegamos de lado ao buraco, e tudo ficou branco e frio. Eu estava nas ondas e debaixo d'água, não conseguia ver Jack ou o barco, não conseguia mover os braços ou as pernas, além dos movimentos que o rio fazia ao me jogar de um lado para outro. Jack tinha dito para nadar a favor da correnteza do rio, mas eu não sabia qual era o lado de cima ou de baixo e não conseguiria me mexer ali naquela máquina de lavar, meus pulmões cheios e enchendo de água. Então a onda me cuspiu para cima, uma vez, debaixo do barco, mais uma, mais longe dele, respirei fundo, afundei de novo e senti a corrente me pegar, e esperei ser esmagada contra uma rocha mas a rocha não apareceu e me vi na superfície, boiando em ondas de mais de dois metros e vendo o capacete de Jack boiando na água à minha frente.

— Nade, garota! — ele berrou. Parecia que isso não tinha me ocorrido, parecia que estava congelada ali na água. Tentei nadar mas não conseguia respirar e meus membros não se mexiam, pensei nos três minutos e na hipotermia, acho que nessa hora estava nadando, porque a margem começou a ficar mais próxima. Agarrei o canto de uma grande laje e não soltei, nem mesmo quando Jack berrou para eu sair da água, e quando ele me mostrou um lugar fácil de sair se simplesmente boiasse alguns metros rio abaixo, tive que usar todas as forças que tinha e as que não tinha para soltar a pedra e cair de novo no rio.

Subi para uma minúscula plataforma de pedra triangular, rodeada em todos os lados por paredões de granito. Jack estava uns 20 metros acima de mim, em outra laje.

— Fique sentada aí — disse ele. — Vou ver se consigo pegar o barco.

Ele então desapareceu. Fiquei sentada naquele lugar minúsculo e comecei a tremer. Estava chovendo mais forte, até nevando um pouco, e comecei a pensar em morrer congelada naquele espaço que não me deixava sequer me movimentar um pouco para me aquecer. Comecei a pensar no rio subindo e enchendo aquele espaço e no que aconteceria quando Jack voltasse e me fizesse boiar rio abaixo para um lugar mais fácil, ou o que aconteceria se não voltasse, se morresse tentando recuperar o barco, se o perseguisse por uns 25 quilômetros até as Quedas Selway. Quando vi o barco passar boiando, intacto e vazio, resolvi subir para longe dali.

Tinha perdido um mocassim no rio, de modo que me espremi entre as paredes de granito e usei os dedos, principalmente, para subir. Sempre tive um pouco de medo de altura, portanto não olhei para baixo. Achava uma estupidez sobreviver a um acidente de barco e esmagar o crânio escalando sem proteção, mas enquanto subia centímetro a centímetro fui ficando mais aquecida e continuei subindo. Quando cheguei ao topo havia árvores e outro barranco vertical que não tinha visto lá do fundo. Fui me agarrando aos ramos, um de cada vez, até que ele se quebrasse ou fosse arrancado, e então agarrava o próximo mais alto. Cavava a camada fina de terra com os joelhos e os cotovelos, e a cada dois palmos ganhos tornava a escorregar um palmo. Quando cheguei perto do pânico pensei no Rambo, como se fosse uma pessoa de verdade, como se o que estava fazendo fosse possível e ele já tivesse feito.

Então me vi na plataforma e consegui enxergar o rio, e avistei Jack na outra margem. Devia estar em choque, um pouquinho, porque na hora não consegui imaginar como ele podia ter chegado até o outro lado do rio, não conseguia imaginar o que o faria entrar na água de novo, mas ele tinha ido, e lá estava, do outro lado.

— Perdi o barco — gritou. — Caminhe rio abaixo até encontrá-lo.

Achei ótimo receber instruções e parti pela trilha de reconhecimento, só um pé calçado, feliz pela dor no outro pé, feliz por estar andando, feliz porque o sol estava tentando surgir novamente, e estava ali para vê-lo. Andei alguns quilômetros antes de raciocinar que o barco tombaria nas quedas d'água, que Jack teria que mais uma vez atravessar o rio a nado para chegar à trilha, que devia voltar e ver se ele tinha conseguido, mas continuei andando rio abaixo e procurando o barco. Depois de quase oito quilômetros, meu pé descalço tinha começado a sangrar, então pus o sapato esquerdo no pé direito e segui em frente. Depois de 12 quilômetros, vi Jack vir correndo pela trilha atrás de mim. Ele me alcançou, me beijou e seguiu em frente correndo.

Andei e andei, pensei em quando tinha 21 anos e caminhava pelas trilhas de montanhas não muito longe dali, com um rapaz que quase se afogou e depois me pediu em casamento. As botas dele tinham se enchido de água de um rio ainda mais ao norte, eu estava usando tênis e tinha pernas fortes, de modo que atravessei sem problemas. Pensei: ele se sentou na margem oposta, depois de ter conseguido sair da água, tremendo e com os olhos fixos no rio. E eu corria de um lado para outro na margem procurando o vau mais raso, e então, pensando ter achado, fui encontrá-lo no meio do rio. Lembro-me de quando nossas mãos se tocaram por cima da água e eu o puxei para um lugar seguro, fiz uma fogueira para ele e sequei suas roupas. Mais tarde, naquela noite, ele me pediu em casamento, isso me deixou feliz e aceitei, mesmo sabendo que nunca aconteceria porque era jovem demais, livre, ciosa da minha liberdade. Troquei o mocassim para o outro pé e me perguntei se esse perigo iria fazer Jack me pedir em casamento. Talvez fosse o tipo de homem que precisava ver a morte primeiro, talvez fizéssemos uma fogueira para nos secarmos e então ele me pediria e eu diria que sim, porque quando a gente chega aos 30 anos a liberdade já virou do avesso para representar algo totalmente diferente do que era aos 21 anos.

Eu sabia que tinha que estar perto das quedas, sentia-me mal ao pensar no aspecto que o barco teria, mas de repente ali estava na minha frente, preso num banco de cascalho no meio do rio com uma corredeira de cada lado, e avistei Jack voltando pela trilha em minha direção.

— Já calculei tudo — disse ele. — Preciso subir pela margem uns mil e poucos metros e entrar no rio ali. Isso vai me dar tempo suficiente para nadar a maior parte do caminho até o outro lado do rio, e se eu tiver compreendido direito a correnteza, ela vai me levar direto para o banco de cascalho.

— E se tiver compreendido mal a correnteza? — perguntei.

Ele sorriu.

— Então vou despencar pelas Quedas Selway. Quase me ferrei na segunda vez que atravessei o rio. Foi exatamente como Harvey falou. Quase me entreguei. Corri quase 20 quilômetros, sei que vou ter câimbras nas pernas. As chances são pequenas, mas tenho que arriscar.

— Tem certeza de que quer fazer isso? Talvez você não deva.

— Pensei que tinha perdido o barco e não me importei porque você estava a salvo, eu estava a salvo, e estávamos do mesmo lado do rio. Mas ali está ele, me pedindo para ir buscá-lo, e a água vai subir esta noite e levar o barco para as quedas. Você fica bem aqui, onde vai poder ver o que acontecer comigo. Se eu conseguir, pego você naquela praia logo ali abaixo. Temos uns 800 metros até o atracadouro e as quedas.

Ele me beijou de novo e correu de volta rio acima.

O barco estava em pleno sol, tudo amarrado, remos no lugar. Até o mapa que não conseguia entender estava lá, onde eu o enfiara, debaixo de uma tira de borracha.

Via Jack passando entre as árvores na direção da beira do rio e tive consciência de que, mais do que qualquer outra razão para estar nessa viagem, estava lá porque achava que podia tomar conta dele, e talvez haja mesmo alguma coisa que as mulheres querem protegê-lo. E talvez as antigas namoradas dele estivessem tentando protegê-lo obrigando-o a ficar em casa, e talvez eu achasse que conseguiria isso se viajasse com ele, mas quando ele desapareceu de vista ao entrar no rio, entendi que sempre haveria lugares aonde ele iria e eu não poderia ir, e que teria de deixar que fosse, exatamente como a viúva tinha dito. Então vi a cabecinha dele na água e prendi a respiração, fiquei observando a posição dele, que era perfeita, enquanto se aproximava do barco. Mas bem no final desviou sua direção e uma onda jogou-o para frente, e ele ultrapassou o barco, indo parar mais à frente, no banco de cascalho. Levantou-se e tornou a cair. Tentou agarrar uma rocha no fundo e foi jogado ainda mais longe. Estava usando toda a sua energia para ficar no lugar, estava a quase 40 metros do barco, rio abaixo. Então comecei a rezar para quem quer que seja que rezo quando tenho problemas sérios, pode ter sido coincidência, mas ele começou a se deslocar para a frente. Precisou de 15 minutos e de uma força que jamais saberei qual seja para chegar ao barco, mas lá estava ele dentro do barco, remando, avançando na direção da praia.

Mais tarde, quando estávamos em segurança na rodovia indo para casa, Jack disse que na verdade em nenhum momento corremos perigo real. Resolvi não contestar porque sabia que era disso que ele tinha de se convencer para superar o fato de quase ter me perdido.

— O rio deu a nós dois uma aula de respeito — disse ele.

E me ocorreu então que ele achava que tinha uma chance de domar aquele rio selvagem, mas sabia que desde o início estava à mercê daquele rio, o tempo todo achando que era para ser assim mesmo.

Jack começou a contar histórias para manter-se acordado: o dia em que seu caiaque prendeu-o debaixo d'água por quase quatro minutos, a ocasião em que caiu de asa-delta duas vezes no mesmo dia. Disse que achava que 15 anos de corredeiras provavelmente bastavam, e que daí em diante ia navegar em outro tipo de rios.

A estrada estendia-se à nossa frente, seca, regular, lisa. Encontramos uma estrada de terra, entramos e fomos até o final, onde uma chaminé se erguia em meio às ruínas de uma velha casa de pedra. Não fizemos fogueira e Jack não me pediu em casamento; abrimos nossos sacos de dormir e nos deitamos ao lado da caminhonete. Eu via a luz atrás das montanhas no lugar onde a lua logo surgiria e pensei em todos os anos que tinha passado dizendo que amor e liberdade eram mutuamente excludentes e vivendo a minha vida como se eles fossem exatamente a mesma coisa.

O vento trazia o cheiro das montanhas, forte e doce. Estava tudo tão parado que eu podia imaginar uma paz sem tédio.

A Enchente

Casey me contou que estava grávida do mesmo jeito casual com que são revelados tantos dos fatos mais importantes da vida. Estávamos comendo feijão e *burritos* de queijo no Fat Chihuahua, na zona oeste da cidade, perto do lago. Comecei a encher o copo dela com cerveja da jarra à minha frente e ela sacudiu a cabeça.

— Para mim só uma — disse, e deu uns tapinhas na barriga como se eu tivesse obrigação de saber o que estava insinuando, como se fosse uma espécie de brincadeira particular entre nós duas.

— Como assim? — perguntei.

Ela moveu a cabeça de um lado para o outro daquele jeito que tem quando não quer responder, e eu entendi que aquilo era a sua maneira de me contar.

— Essa não — falei.

Ela assentiu, sorrindo, e então pediu um copo de leite, para eu ter certeza.

Por falta de outro lugar para ir, fomos de carro até o lago, onde ficavam as praias antes do começo das enchentes. Agora só havia uma faixa de meio metro de terra entre o lago e a rodovia, e sobre ela havia uma muralha de sacos de areia. Ninguém sabia por que a água estava subindo, ou quando aquilo ia acabar. Quando o vento soprava através das salinas, ondas de quase um metro estouravam na rodovia.

— Há quanto tempo você sabe? — perguntei.

— Duas semanas. Concebemos no dia em que fiz 30 anos. Pode uma coisa dessas? — respondeu ela. — A biologia em ação!

Era bem a cara de Casey não me contar logo, ficar na dela por um tempo, para sentir a coisa antes de ver o que eu achava. Sempre falei que ela é a própria definição de hedonista, e, tanto quanto pode ser nessas circunstâncias, é minha melhor amiga. Não que ser uma hedonista seja a pior coisa do mundo. O namorado dela, Chuck, disse-lhe que isso significava que ela sabia fazer bons boquetes. Ficou danada comigo, mas depois que lhe mostrei a verdadeira definição, entendeu que era verdade e até já a ouvi descrever-se assim, uma ou duas vezes depois disso, para pessoas que não conhecia.

Eu quis ser honesta, de modo que disse a ela que não tinha certeza se os hedonistas tinham filhos, e ela disse que achava que era quase a melhor coisa que um bebê podia arranjar.

Os restos da montanha que chamam de Ilha do Antílope erguiam-se de dentro do lago diante de nós como uma miragem e se duplicavam perfeitamente na água parada. Atrás, havia a máquina de um bilhão de dólares que ainda este ano começaria a bombear o excesso de água do lago.

— Chuck já sabe? — perguntei.

Ela sacudiu a cabeça.

— Que acha que ele vai dizer?

Chuck mora com Casey na casa atrás da minha. Ele não é apenas hedonista, é músico. Toca piano e canta com voz bem gutural num bar no centro da cidade. Casey apaixonou-se primeiro pelos dedos dele. Na manhã depois da primeira noite em que foram para a cama, ela desenhou para mim um retrato das mãos dele.

— Millie, você não pode imaginar como é, quando o cara tem dedos tão compridos e musculosos — declarou.

Tentei imaginar, e parei.

— Richard tem dedos compridos?

Richard é o meu namorado. Ele é compacto: uma miniatura perfeita de um homem perfeito com olhos azul-claros tão profundos que é difícil medir. Tem os dedos curtos, mas eu não sou tão alta. O nosso sexo é bom.

Casey conheceu Chuck exatamente quando conheci Richard. Foi no mesmo final de semana, e nos juntamos no final da manhã seguinte para o relatório de domingo. Além de desenhar para mim um retrato dos dedos de Chuck, Casey me disse as seguintes coisas: Chuck costumava injetar na veia mas tinha parado, tinha um apartamento de um quarto num subsolo e 127 CDs, usava camisinhas de algodão, que não adiantavam muito mas eram bem mais agradáveis. Eis o que lhe contei sobre Richard: botou aspargos em conserva na salada, usou três vezes a expressão "capitalista *laissez-faire*", uma vez descrevendo a si mesmo, pôs uma fita chamada "O Melhor das 101 Cordas", e, pelo que eu imaginava, nunca tinha feito sexo oral.

— Você está brincando, certo? — fez Casey.

Depois que se conheceram, Chuck e Casey levaram três semanas para morar juntos. Chuck apareceu numa manhã de sábado com seus CDs, três sininhos da felicidade, sete instrumentos musicais e uma caixa cheia de calendários chamados "Mulheres na Batalha". Todos os 12 meses eram ilustrados por retratos de paramédicas seminuas — a da capa era a ex-esposa de Chuck. Se Casey ficou intimidada com isso, não demonstrou.

Seis meses se passaram antes de Casey engravidar, e durante esse tempo eu apenas uma vez mencionei a Richard o assunto de morarmos juntos, e ele disse que isso era econômica e emocionalmente impraticável. O que realmente queria dizer era que não tinha vontade de acabar me sustentando e que ainda estava envolvido com a ex-namorada, Karen. Todas as noites de quarta-feira atravessava metade do estado para visitá-la. Disse que se deixava que isso me perturbasse, era porque eu era jovem demais para compreender uma amizade verdadeira entre uma mulher e um homem, mas sempre levava com ele uma garrafa pequena de uísque que voltava vazia e sempre botava um colar que nunca usou para sair comigo.

Todas as quintas de manhã Richard aparecia de volta em minha casa parecendo um cachorrinho que levou uma surra de chicote, e quando eu finalmente reuni coragem para pedir explicação, ele disse que na verdade quando estavam juntos Karen passava a maior parte do tempo gritando com ele por ter desperdiçado seus últimos quatro anos em que poderia engravidar. Perguntei a ele o que isso tinha a ver com amizade, e o que esperava ganhar com isso, e ele disse que precisava compreender a profundidade da raiva dela, precisava obter algumas respostas antes de seguir em frente. Eu lhe disse que para esse tipo de perguntas qualquer resposta servia, mas ele sacudiu a cabeça, e concluí que podia estar pensando que queria respostas mas o que queria mesmo era ser perdoado, ou talvez algo pior.

Karen telefonava para a casa dele todos os dias pelo menos uma vez para gritar mais um pouco, e ele ficava sentado na cama no escuro e não dizia uma palavra ao telefone. Perguntei-lhe se ela gritava por causa de coisas que ele tinha feito quando estavam juntos ou só pelo jeito de ser dele. Deu de ombros e disse: "Os dois." Ela não gostava da maneira que ele dirigia, fazia amor, assinava o nome. Se não atendesse o telefone, ela deixava tocar cem vezes.

Uma vez liguei para a casa dela para ver se ela teria alguma coisa para me dizer, e a secretária eletrônica anunciou: "Aqui é a Karen, e obviamente não estou em casa." Desliguei depressa e nunca mais tive coragem de tentar de novo.

Casey e eu temos exatamente a mesma idade e somos ambas dez anos mais jovens que Richard e Chuck. Como eles são da mesma geração, daria para pensar que têm alguma coisa em comum, mas é como se ao nascer tivessem entrado em ônibus diferentes e casualmente vieram dar no mesmo lugar. Richard foi criado numa família de abastados fazendeiros do Texas, extremamente conservadores. Passou dez anos em Santa Fé, onde aprendeu a conviver com os liberais, jogar na bolsa de valores e usar aspargos em conserva para impressionar uma mulher. Chuck cresceu numa praia do Havaí. É bondoso e irresponsável, e fica o tempo todo à toa. A única coisa que os dois homens têm em comum é o sentimento de serem muito mais espertos e vividos que Casey e eu. Quando estávamos todos juntos, fazíamos piadas com a figura paterna, Freud e fantasias edipianas, mas no fundo não era tão engraçado porque o pai de Casey tinha morrido de *overdose* de heroína, e o meu nunca, em 29 anos, disse que me amava.

Chuck aceitou bastante bem a notícia do bebê. Começou a chegar do bar mais cedo, e de manhã ele e Casey sentavam-se do lado de fora e jogavam Yahtze, e durante uns dois meses tive ciúmes da felicidade deles. Então Chuck conseguiu um lugar numa banda que se apresentava em Las Vegas e passou a ficar fora cinco dias por semana, e embora insistisse que isso não ia durar e que não tinha nada a ver com o neném, achei que aquele emprego tinha vindo na hora errada e provavelmente não era só uma coincidência.

Adiei contar a Richard sobre a gravidez de Casey porque sabia que se contasse ia pensar que também queria engravidar, e mesmo eu dizendo que nada era mais distante da verdade, ia continuar pensando isso. Finalmente nós três estávamos jantando e a própria Casey contou a ele, ele sorriu e pareceu feliz, mas então me lançou um olhar que dizia que aquilo não ia funcionar, nem em um milhão de anos. Richard fingia que achava Casey mal-educada e irresponsável, mas eu sabia que parte dele desejava poder ser pobre e grávido e despreocupado como ela, e no frigir dos ovos era essa parte dele que eu mais amava.

Chuck ficava em Las Vegas de quarta a segunda, e sei que enquanto estava fora Casey pensava bastante sobre o que chamava de "a...", e eu, mesmo querendo dar a Chuck o benefício da dúvida, achava que isso poderia ser a melhor coisa a fazer.

— Até o Richard aprova o aborto — contei-lhe.

— Isso só significa que ele engravidou alguém com quem não queria se casar — respondeu ela.

— Deve ter sido a Stephanie. A antes da Karen. Uma vez fomos à casa dela. Ela ainda tem fotos dele espalhadas por todas as paredes. E o namoro deles foi há quase sete anos!

— Tome cuidado — aconselhou ela.

Havia um curso de parto sem dor toda quinta à noite, e eu me ofereci para ir no lugar de Chuck até o trabalho dele acabar, mas Casey não estava interessada em ir.

— Estou lendo tudo sobre isso — disse, como se fosse uma leitora contumaz, como se eu já a tivesse visto terminar um único livro.

— Tem notícias do Chuck? — perguntei.

Era terça-feira de manhã. Ele deveria estar em casa. Ela sacudiu a cabeça.

— Sabe o que não consigo entender?

— Hum.

— Não consigo entender essas mulheres que descobrem que estão grávidas e viram mães, como se tivessem esperado por isso a vida toda. A voz delas começa a mudar, começam a fazer tricô como se tivessem nascido fazendo isso. Como é que essa coisa acontece? Por que não aconteceu comigo?

— Talvez leve alguns meses — falei. — Talvez vá aumentando devagar.

— Millie, daqui a cinco meses o médico vai me entregar um neném e vou ter que trazer ele para casa. Acho que quando estiver na minha frente vou saber o que fazer, mas às vezes olho para a minha barriga, sinto ele mexer e penso, meu Deus, é algum tipo de ET ou coisa assim.

— Acha que vai doer muito? — quis saber.

Ela deu de ombros.

— Que é que tem, um pouco de dor? Não vai durar para sempre.

— Dizem que é como uma cólica muito forte.

— Então? Uma cólica só fica forte até certo nível — argumentou ela.

Para mim qualquer nível de dor é demais, pensei, mas comparada com Casey sou uma manteiga derretida, e sabe-se lá quanta dor ela consegue agüentar. Não tinha plano de saúde e a princípio queria ter o filho em casa, mas o médico queria que ela fosse para o hospital e finalmente disse que dinheiro e nenéns são coisas pelas quais não vale a pena matar-se, e cedeu.

— Uma coisa boa nisso tudo é que quando tiver acabado você vai ter uma coisa que é realmente sua, uma coisa que tem de amar você mais do que a qualquer outra pessoa. Você vai ter uma coisa

que nunca vai abandoná-la, ou pelo menos não de verdade, pelo menos durante uns 18 anos.
— Mas e se eu não sentir amor por ela? — perguntou.

Casey e eu estávamos comemorando a primeira noite do sexto mês quando Richard apareceu sem telefonar. Disse que queria dar uma volta de carro e conversar sobre o nosso futuro. Apesar de suas visitas a Karen terem aumentado para duas noites por semana, e apesar de Karen estar telefonando duas ou três vezes por dia, tomei isso como um bom sinal.

Durante todo o percurso até o lago, não disse uma palavra, mas, quando chegamos perto de onde se sai da rodovia, segurou a minha mão, e eu senti seus músculos, tensos até a nuca.

O lago estava calmo e refletia os faróis da interestadual até metade do caminho para Nevada. Apertando os olhos conseguia distinguir a silhueta das torrinhas que coroavam o palácio que costumavam chamar de Saltair. Dentro do prédio escuro a água passava do segundo andar.

— Então. — A voz dele me sobressaltou. — Que acha do nosso potencial a longo prazo?

Parecia uma conversa sobre a bolsa de valores.

— A longo prazo acho que o nosso potencial é bom — respondi.

Ele tamborilou no painel com a mão livre.

— Acha que eu vou conseguir satisfazer você, sexualmente ou não, por muito tempo?

— Acho que você vai conseguir me satisfazer por muito tempo.

As veias nas têmporas dele pareciam que iam explodir.

— Acha ruim eu ser um pouco mais velho que você? — quis saber.

— Nem um pouquinho — declarei.

Ele suspirou.
— Quer ter filhos?
Não sabia a resposta.
— Acho que sim. Um dia. E você?
— Nunca pensei que quisesse, mas agora quero. A única coisa é...
— Com quem?
— Sei que isto parece horrível, mas tinha que saber como você se sente — disse ele.
Jamais chore na frente dele, dizia Casey, mas eu chorava, e definitivamente com demasiada freqüência.
— Agora que sei como você se sente, posso acertar as coisas com Karen, e então você e eu vamos fazer uma viagem.
Por um minuto a idéia de viajar me alegrou, mas comecei a pensar sobre a gente nunca ter tido uma conversa sobre o nosso futuro que não tivesse o nome da Karen. Comecei a pensar na desaprovação da Casey se tivesse ouvido o que ele tinha dito e até comecei a pensar em sair do carro. Mas tudo que havia lá fora era a água salgada e a rodovia, de modo que esperei que ele parasse de pensar durante tempo suficiente para me levar para casa.

Era o começo do sétimo mês de Casey, e tudo nela estava mudando, especialmente o queixo e os olhos.
— Então, como vai Richard? — perguntou ela. — Não o vejo há algum tempo.
— Nem eu — respondi.
E era verdade: ele andava visitando Karen mais do que nunca, e mesmo tentando ser adulta sempre acabava chorando e agindo como a criança que ele achava que eu era. De vez em quando ele dizia que eu era ainda mais difícil de lidar do que ela, e que precisava de algum tempo sozinho para entender as coisas, mas um tempo

sozinho sempre acabava significando um tempo com Karen, e ele nunca conseguiria entender as coisas enquanto não resolvesse deixar essas coisas para trás.

Casey me disse para dizer a ele para acertar as coisas com Karen e me procurar quando tudo estivesse resolvido, e foi o que fiz. Mas ele disse que não agüentaria ficar sem mim por tanto tempo, então perguntei quanto tempo e ele disse que não ia demorar. Passava três noites por semana com cada uma de nós; a sétima noite variava entre as duas.

— Durante quanto tempo você vai continuar assim? — perguntou Casey.

— Esta semana Karen faz 40 anos. Ele acha que ela pode pirar — expliquei.

— E quanto a você?

— Ele disse que eu tenho que ser forte, paciente e madura. Disse que se eu conseguir ser tudo isso, ele vai resolver tudo muito mais depressa.

— Larga esse cara, Millie.

Casey passava as mãos na barriga fazendo círculos. Chuck estava fora fazia três semanas. Não perguntei se tinha ligado, mas se tivesse, ela teria me contado.

— Ele diz que vamos para Santa Fé — contei. — Eu sempre quis conhecer Santa Fé. Assim que tudo estiver resolvido, é para lá que vamos.

— Ah, Millie...

— Ele não transa com ela — afirmei.

— Como é que você sabe?

— Eu conto as camisinhas dele.

Ela sorriu.

— Antes da partida e novamente quando ele volta — acrescentei.

— Aposto que isso faz você se sentir muito bem consigo mesma — disse ela, e então, quando viu que eu tinha começado a chorar outra vez, disse: — É sério, Millie, talvez fosse bom você procurar um médico.

Sempre achei que conseguiria lidar melhor com a situação com Karen se ela não fosse um mistério tão grande, de modo que perguntei a Richard se poderia conhecê-la.
Ele reagiu:
— Espero que você esteja brincando.
Achei que o assunto tinha morrido ali, até uma noite de domingo quando tocou a campainha da porta.
Nós estávamos juntos dentro da banheira e o roupão de Richard estava mais perto de mim, automaticamente me embrulhei nele e abri a porta.
Nossos olhos se encontraram, se arregalaram e se encararam por um longo instante, e ela devia estar tão surpresa quanto eu ao ver seus cabelos, seus olhos, sua boca, seu corpo e sua postura numa desconhecida que usava o roupão que certamente tinha usado, ainda pingando água da banheira onde certamente tinha se banhado. Com exceção dos dez anos que ela tinha a mais que eu, éramos idênticas.
— Oi — falei.
Ela me olhou fixamente e depois se encaminhou para o carro. Os pneus cantaram. Fechei a porta.
— Quem era? — Richard perguntou atrás de mim.
— Acho que era Karen.
— Que foi que ela disse?
— Absolutamente nada.
— Parecia com Karen?
— Não sei como Karen é — respondi. — Parecia comigo.

Ele estava vestindo o paletó. Procurando as chaves.
— Não vá agora — pedi.
— Volto logo.
— O jantar está quase pronto.
— Pode comer logo.
— Eu não grito com você — falei.
— Mas chora.
E era verdade. Eu estava chorando.
— Esta noite é minha — falei.
Ele fechou a porta na minha mão.

Casey perguntou:
— Existe uma boa razão para você se permitir ser tratada deste jeito?
Chuck finalmente tinha mandado dizer que não ia voltar. Foi num desses cartões de hotel que a camareira deixa no quarto. Na frente havia retratos de um cassino vermelho, um restaurante vermelho, um vestíbulo vermelho.
— Deve haver alguma razão — respondi.
Estávamos sentadas na varanda dos fundos, que tinha a melhor vista do lago e das montanhas atrás dele. Sempre que olhava dali, imaginava como tinha sido o vale uns dez mil anos atrás, quando o lago era tão grande quanto três estados do leste e só o topo das montanhas ficava de fora.
— Talvez seja pelo desafio — disse ela.
— Acho que não.
— Então me diga por quê.

O lago estava translúcido ao poente, como se iluminado por baixo. Imaginei o domo da capital afundando abaixo da superfície, os arranha-céus submergindo, as montanhas mergulhando na água.

— Sabe o que ele me disse uma vez? Disse que se alguém tentasse me matar ele atiraria. Disse que atiraria mesmo se estivesse só ferida, quer dizer, se fosse sério.

— Por que ele disse isso?

— Estávamos discutindo sobre controle de armas.

— Ele não é a favor do controle de armas?

— E sabe do que mais? — continuei. — Ele disse que mesmo se eu já estivesse morta, se soubesse quem tinha feito aquilo, ia matar a pessoa. Mesmo se já estivesse morta.

Casey sacudiu a cabeça.

— Acho que isto em texano quer dizer "eu te amo" — falei. — Não acha?

Ela fez uma careta. Continuei:

— Eu disse que se alguém tentasse fazer mal a ele eu faria todo o possível para impedir, mas não sabia se conseguiria realmente atirar em alguém. Falei que não sabia nem se poderia segurar uma arma.

Casey sorriu para mim com seu rosto de contornos novos.

— Ele é louco de não te amar — afirmou.

O sol caiu para trás de algumas nuvens baixas perto do horizonte e o lago ficou escuro e opaco. Ouvi Casey gemer e mexer-se na cadeira. Durante oito meses inteiros ela tinha desafiado a gravidez, mas no último mês tinha cedido ao cansaço. Era difícil vê-la sem sua força, e ainda mais difícil constatar que mesmo no estado de maior fraqueza era mais forte do que eu algum dia seria, mas o que era pior, mesmo então, era encarar a verdade do que ela acabara de dizer.

— Ah, Millie! — exclamou ela, ao ver o meu rosto. — Por causa de um homem?

Abraçou-me, e me inclinei contra ela. Através da camiseta, através da pele dela, sentia os movimentos, incansáveis e tensos, uma pressão que me parecia ser maior do que qualquer coisa que uma barriga pudesse agüentar.

— Pelo menos chore por algum motivo que tenha importância — disse ela.

Naquela noite Richard telefonou e pediu para eu ir até lá. Quando cheguei, estava fazendo as malas. Ia com Karen para Santa Fé.

— Quero que entenda que já está tudo quase resolvido — declarou. — Logo estará tudo acabado. Então poderemos nos concentrar em nós dois.

Fui até o banheiro dele e fechei a porta. Havia dez camisinhas no armário de remédios, cinco no estojo de barba, uma caixa fechada debaixo da pia. Abri a porta. Ele estava inclinado sobre a mala.

— Não agüento mais — falei.

— Eu preciso que você seja forte por duas semanas mais.

— Você disse que ia me levar.

A mala fechou-se com um estalido. O telefone tocou.

— Você não é dona de mim — disse ele.

E naquele instante ouvi o eco da voz dele dizendo exatamente aquelas palavras a Karen, e a Stephanie, e a quem quer que tivesse vindo antes, a todas as mulheres que tivera desde os 20 anos, ou 16, ou 12. E pensei em Karen, no fato de Stephanie ser parecida com nós duas, imaginei cinco ou seis de nós enfileiradas, sorrindo como num retrato de família para ouvir aquele refrão que já durava 40 anos, a resposta mais simples em sua nítida vida. Pensei além de nós, em todas as outras mulheres que ouviram essas palavras da boca de outros homens: mulheres de rostos bem desenhados, roupas elegantes, diplomas. Mulheres que poderiam ter qualquer homem. Mulheres que, ao ouvir aquelas palavras, entenderiam, com algo como uma tristeza absoluta, o enorme abismo que teriam que atravessar para ficar com aquele homem. Mulheres que começavam a chorar, que lhe estapeavam o rosto, que iam embora. Então as outras mulheres sumiram. O telefone ainda estava tocando. Segui Richard até a garagem.

— E se eu algum dia tivesse um problema sério? — perguntei.
Primeiro ele disse:
— Eu estaria ao seu lado.
Em seguida disse:
— Que tipo de problema?
— Não sei. Se a minha casa pegasse fogo? Se a minha mãe morresse? Se eu ficasse grávida?
Ele largou a mala.
— Está? — perguntou.
Olhei dentro dos seus olhos perfeitos. Só havia uma resposta que o impediria de ir para Santa Fé.
— Não que eu saiba — respondi.
— Bem, se estivesse, então nós nos casaríamos e teríamos uma família.
Jogou a mala no carro, fechou a porta e foi embora.
Entrei no meu carro, fui diretamente para o lago e atravessei o que sobrava do estacionamento. Avancei até os pneus da frente ficarem dentro d'água. Fiquei imaginando a fundura da água entre mim e a ilha, perguntei-me se o carro flutuaria, e o que as pessoas pensam logo antes de resolverem não viver mais, e então pensei na tensão perfeita da barriga de Casey. O vento soprava do oeste e eu ouvia a marola batendo nos pneus. Recuei o carro alguns metros, espichei-me no banco traseiro e adormeci.

Acordei no meio de uma tempestade. Pela luz, a tarde já ia no meio. Havia ondas de meio metro em todo o lago, e eu as ouvia quebrar contra o fundo do carro. Liguei o motor e voltei para a rodovia. Quando entrei em casa, o carro de Casey não estava.

Quando cheguei ao quarto 427 tive medo de bater. Tornei a descer para a portaria e comprei um lírio para Casey porque parecia ao mesmo tempo sensual e puro, comprei o maior animal de pelúcia que havia na loja de presentes: um alce com uma fita vermelha nos chifres. Comprei revistas para Casey e uns bombons, para o caso de ela sentir fome, e quando meu dinheiro acabou tive que tornar a subir. Fiquei uns dez minutos parada na frente da porta do quarto dela, até que apareceu uma enfermeira e perguntou se precisava de ajuda.

— Sabe se ela está acordada? — perguntei. — Achei que podia estar dormindo...

— Pode entrar — disse a enfermeira. — Ela está tentando amamentar o bebê.

Contra o cinza metálico das cortinas, contra o cinza metálico da tarde, contra as máquinas metálicas que registravam as reações dela, Casey estava quente, âmbar e serena. Sorriu para mim, meu lírio, meu alce e minhas revistas. Estendeu a mão. Sob seu outro braço estava o neném.

— Olhe os dedos dele — foi a primeira coisa que disse.

Tive que desembrulhar a coberta para ver. Tive que levantar o bracinho rosado, desdobrá-lo. Os dedos eram quase tão compridos quanto o antebraço. Quando ele agarrou o meu polegar, os dedos deram a volta no meu.

Havia um grampo grande sobre o umbigo do neném.

— Acha que isto aí faz barulho se alguém tentar tirar o neném do hospital? — perguntou Casey. — Acha que é para isto que serve?

Dei de ombros e me dei conta de que não falara coisa alguma.

— Segure-o, Millie.

Tirei o bebê do ninho feito pelo braço dela. Ele não abriu os olhos, mas era óbvio que queria continuar. Embalando, levei-o até a janela. O cinza estava ficando mais escuro. O vento estava aumentando.

— Doeu muito?

— Mais do que você pode imaginar — disse ela. — Mais do que você pode se preparar para agüentar. Não é como cólica, Millie. Não tem nada a ver com cólica.

Apoiei-me no batente da janela.

— Ele me rasgou quando saiu. Tiveram que me costurar.

Por um segundo tive medo de desmaiar e deixar o neném cair. Os olhos de Casey mostravam apenas paz.

— Francamente, não consigo imaginar alguém ter mais de um filho — comentou. — Qualquer pessoa que esteja disposta a passar por isso mais de uma vez. Não consigo acreditar que minha mãe fez isso. Mamãe passou por isso quatro vezes.

— Sinto muito não ter estado aqui, Casey. Sinto muito não estar perto de um telefone.

— Acho que eu queria fazer isso sozinha — disse ela. — E fiz. Está feito.

Para os lados do oeste, do outro lado do vale e acima do lago, uma fatia de sol batia no topo da Ilha do Antílope. Fiquei pensando se haveria algum antílope lá, se compreendiam as limitações da ilha em que estavam presos. Fiquei pensando no que aconteceria com eles se o lago continuasse a subir, se iriam subir também acompanhando o nível do lago ou se iam pensar em mergulhar e partir para a travessia de toda aquela água fria e morta.

Pelo menos duas horas por dia, disse à médica quando me perguntou com que freqüência eu estava chorando, e ela então franziu a testa e receitou os remédios que não tinha comprado.

Tornei a olhar para os dedos compridos e vermelhos do neném e imaginei uma versão mais nova de mim mesma, de Casey, dizendo ao rosto que um dia seria ligado a elas: "Você tem grande beleza e graça." Pensei na paixão que aqueles dedos poderiam despertar e o modo indefeso com que o jovem que os possuísse poderia olhar para suas mãos porque não conseguia encontrar respostas para as perguntas que a jovem mulher, que não poderia deixar de magoar, tinha nascido sabendo que não tinham respostas.

— Gostaria que Chuck o visse — disse Casey, com a voz fraca, mas não triste, e fiquei imaginando como dois homens que antes pareciam tão diferentes podiam acabar, no final, exatamente iguais.

Olhei fixamente para o rosto dela, tentando entender a sua dor, tentando recuperar o que tinha pedido por causa da minha dor, que era tão pequena; beber da calma dela, apossar-me, de certa maneira, dessa calma. Mas não era o rosto de que eu me lembrava. Tudo nele tinha mudado.

— Está tudo bem — disse ela, estendendo os braços para o neném.

E me imaginei correndo com ele para fora do hospital, o alarme no grampo da barriguinha dele tocando alto, pensei nas pessoas que querem filhos para preencher os vazios de sua vida e entendi que isso não funcionaria para mim porque aprendi a acreditar que alguns vazios a gente simplesmente não consegue preencher. E quando devolvi o neném a Casey, quando nossas mãos se tocaram sob as costas dele, entendi que já não sentia vontade de chorar. E enquanto a via aninhá-lo de volta nos braços, enfiando a ponta da coberta sob cada conjunto de dedos recém-nascidos de pianista, fiquei sem fôlego e assustada com a fragilidade dos milagres, e repleta do fato das nossas vidas.

Para Bo

Quando chegamos das festas de todas as sextas-feiras, meu marido, Sam, toca violão para os cachorros. Eles se sentam ao seu lado no sofá, um de cada lado, apertam o focinho contra as coxas dele e balançam o rabo. Ele canta todas as músicas existentes com "cão" no título, e depois improvisa, substituindo palavras relativas a uma pessoa por palavras relativas a um cachorro: "Você é o Canino da Minha Vida" ou "Nascido para Latir". Consegue fazer isso durante horas, e os cachorros nunca se cansam de escutar. Geralmente eu o encontro dormindo ali na manhã seguinte, com os cachorros empilhados em cima dele e o violão apoiado na mesinha de centro.

Todos os sábados de manhã, às oito horas pelo meu relógio, mamãe me liga para saber se estou grávida. O maior medo dela é que eu comece a ter filhos antes de alcançar o sucesso. Venho de uma longa linhagem de mulheres de sucesso, e sei que à noite ela não consegue dormir, preocupada comigo. Ela ficaria imensamente mais tranqüila se soubesse que o meu marido fez uma vasectomia anos antes de me conhecer, mas esconder dela esta informação me faz sentir um pouco poderosa.

Mamãe não gosta de verdade do meu marido. Acho que ela não teve muito contato com gente tatuada. Quando vamos à Pensilvânia para visitar meus pais, eles alugam uma casa em Nova Jersey — onde não conhecem ninguém — e nós todos podemos nos perder no bronzeado e na lourice da praia. Já não vamos lá com freqüência, e mamãe bota a culpa nos cachorros.

— Esses cachorros tiraram você da minha vida — comentou certo sábado, pelo interurbano. E ainda nem sabe do cavalo.

— De repente podemos dar um jeito para setembro — contei.

— Ah, ótimo — disse ela. — Nessa época os aluguéis são baratos.

Mamãe se preocupa constantemente, não transpira e não tem pêlos. Ela tem absoluta certeza de que estou morrendo de uma doença venérea que peguei do meu marido.

— Ele simplesmente não é higiênico — afirmou ela. — Aquelas tatuagens... e esses cachorros enormes. Você sabe que eu já nem mesmo entro em banheiras de hidromassagem. E faz anos que não uso um toalete público.

Em algum lugar dentro do corpo da minha mãe existe um reservatório quase cheio de suor, pêlos e outras excreções reprimidas.

— Vou lhe mandar alguns rolos quentes para os cabelos e um maravilhoso creme esfoliante de abricó que acabou de sair. Você tem alguma roupa nova para a primavera?

Mamãe tem certeza de que meu sucesso vai depender do cacheado dos meus cabelos e da falta de espinhas no meu rosto.

— O que você precisa mesmo é de uma bolsinha branca.

O relógio ao lado da cama marca 8:25. Eu me espreguiço e me lembro de por que mamãe não ligou. Hoje ela vai pegar um avião para São Francisco a negócios e conseguiu uma espera de três horas aqui em Denver para podermos jantar e conversar.

Escuto a serra circular de Sam no quintal. Ele está aumentando a varanda, abrindo espaço para o novo acréscimo.

— Nenhum cachorro meu vai ter que se deitar na terra — diz ele.

O primeiro sábado de maio em nossa casa é mais do que apenas o dia do Derby do Kentucky. Todos os anos, desde que nos casamos, assistimos ao Derby, ficamos um pouquinho bobos com o *bourbon* do Kentucky e vamos para o canil. Tornou-se uma tradição de três anos, e, se Hazel não tivesse morrido de câncer no inverno passado, nós estaríamos no cachorro número quatro.

Outra tradição em nossa casa é passar pelo menos metade de todos os fins de semana na cama, Sam termina a varanda e vem se juntar a mim debaixo das cobertas. Sam diz que em nossos túmulos estará escrito: "Nunca tiveram muito dinheiro, mas sempre tiveram muito sexo." Provavelmente dá para entender por que mamãe não gosta de Sam. Ela recebe a maior parte de suas informações pela tia Colleen, que se mudou para cá há vários anos. Colleen tem muito dinheiro e pouca imaginação. Na última vez que elas conversaram, disse a mamãe que um desses dias eu ia acordar e perceber que a miséria não é o suficiente, e agora mamãe está em pânico. Colleen é uma mulher atraente para a idade que tem, mas seus cabelos estão sempre duros e ela tem um monte de roupas com estampados de personagens de histórias em quadrinhos. Sam diz que ela não devia falar mal da miséria enquanto não experimentá-la.

Convidei Colleen para jantar hoje também. Sam acha que estou procurando problemas, mas tento fazer o que posso pela minha família. Além disso, Colleen ofereceu-se para buscar mamãe no aeroporto e tornar a levar, o que significa que não vou ter que vê-la chorar.

Acordamos suados e preguiçosos e brigamos pelo primeiro lugar no chuveiro. Eu saio pingando pela cozinha e quebro os ovos na frigideira de ferro. Cozinho salsichas para todos nós, e os cachorros ficam pacientemente sentados aos meus pés.

Sam passou vários minutos admirando-se ao espelho. Finalmente faz suficiente calor para ele usar o novo calção de banho. É azul-celeste com tubarões cor-de-rosa nadando em todas as direções. Os tubarões estão sorrindo e usando óculos escuros.

— Sou um filho da puta bonitão — diz ele ao seu reflexo.

Vou ao meu armário e escolho uma saia de brim que mamãe me mandou e uma blusa escura que acho que me faz parecer magra e arrumada. Sam solta um assobio longo e alto. Os cães chegam correndo.

— George, Graci, cheguem aqui para dar uma olhada na sua mamãe *sexy* — diz ele.

Graci lambe os meus joelhos.

Nosso quintal é cheio de hortelã silvestre e preparo coquetéis para a corrida. Nosso liqüidificador está quebrado, a bebida tem gosto de uísque com gelo, mas engolimos várias canecas enquanto a TV canta "My Old Kentuck Home". Os jóqueis sentados em cavalos do tamanho de cachorros são presos ruidosamente, um de cada vez, atrás da porta de metal da largada. As portas se abrem e os cavalos saem em disparada, a pelagem brilhando ao sol.

O cavalo que paga 1 por 1 pára na primeira curva, com sangue jorrando das narinas. É colocado numa ambulância antes que os outros cavalos terminem a prova.

— Deus nunca teria feito um animal tão frágil — diz Sam.

O cavalo que vence paga 15 por 1, e hoje é o aniversário do jóquei, de modo que ficamos felizes por ele.

— Que sorte, nascer baixinho no dia do Derby de Kentucky — diz Sam.

Batem na porta e pela janela vejo o Corvette vermelho de Colleen, com o motor ligado. Abro a porta para abraços e beijos de mamãe, dados no ar.

— Chegamos cedo? — pergunta mamãe, olhando para minha camisa fora da saia.
— Não, não. Entrem — digo.
— Acha que podemos dar um jeito nos carros, querida? — pergunta Colleen. — Não quero deixar o carro na rua nesta vizinhança.

Levo a nossa caminhonete para a rua. Saio e mamãe me abraça de novo.

— Esta aí é que é a caminhonete novinha? — pergunta atrás de mim.

A pintura na carroceria já está arranhada, em alguns lugares aparece a tinta de base. Pegadas barrentas de gato pontilham o capô.

— Nada como uma caminhonete para transportar a família — diz Sam da porta da frente.

George dispara por entre as pernas dele e eu vejo as patas molhadas colidirem com a sarja cor-de-rosa da saia de Colleen.

— Vamos entrar — digo. — Querido, talvez seja melhor prender os cachorros nos fundos.

Sam franze a testa.

— Por favor — digo.

Ele escapa para a porta dos fundos e os cachorros vão atrás, rabos entre as pernas.

— Esta não é a saia que eu mandei? — pergunta mamãe.

Confirmo com um gesto de cabeça.

— Querida, se você não enfiar a blusa para dentro, a saia fica parecendo um trapo velho.

Ela abriu o meu zíper e está furiosamente enfiando a minha blusa para dentro do cós. Compridas unhas de coral me arranham a pele.

— Agora, você tem um cinturão de contorno?

Parece alguma coisa geológica. Balanço a cabeça.
— Eu tenho um que posso dar para você — diz Colleen. — Fica imenso em mim.
Agora mamãe está puxando a minha blusa para fora da saia outra vez. Faz um nó na minha cintura com as faldas da blusa.
— Por enquanto passa — diz.
Ouço Sam voltando pela cozinha.
— Ei, acho que minha mulher já tem idade suficiente para se vestir sozinha — diz. — Que acha, Colleen?
— Imagino que sim — diz Colleen.
— Você imagina que sim, é mesmo? — diz mamãe, pegando um pente na bolsa e eriçando os meus cabelos na frente.
— Sabe que é só porque te adoro — diz.
Desvencilho-me delicadamente e tomo a direção da cozinha.
— Pensei em fazer uma salada — digo.
Salada é uma opção segura com pessoas como Colleen e mamãe, que comem cebolas em conserva por causa do valor nutritivo.
— Alguém quer uísque com hortelã? — pergunta Sam.
O programa *Wide World of Sports* está cobrindo uma competição de levantamento de peso no Havaí. Colleen fica hipnotizada, e eu a vejo estender o lábio inferior com uma expressão de desejo e repulsa.
— Vocês não têm vodca? — pergunta mamãe.
Fico na cozinha escovando legumes com toda força. Gastei metade do nosso orçamento de armazém em ingredientes caros para esta salada: coração de alcachofra, siri desfiado, queijo feta, azeitonas gregas importadas.
Sam prepara outro uísque com açúcar e hortelã para si e duas vodcas com gelo para Colleen e mamãe. Os cachorros ganem e arranham a porta dos fundos. Sam vai abri-la para eles.
— Eles vão se comportar — diz.

George corre direto para mamãe e deixa cair uma bola de tênis empapada entre os joelhos dela. Graci corre para Colleen, que a manda sentar aos gritos. Graci se senta sobre os pés de Colleen e vejo um fiozinho de água amarelada emergir entre as sandálias Gucci.

— É um erro gritar com a Graci — diz Sam. — Ela tem a bexiga pequena demais.

— Está na mesa — anuncio.

Nós quatro nos sentamos ao redor da mesa que Sam fez com dois caibros e preguinhos baratos. Graci está enrodilhada debaixo da minha cadeira, que estremece quando ela respira. Vejo a cabeça de George no colo de Sam.

— Linda salada, benzinho — diz Sam.

— Esplêndida — diz mamãe. — Eu nunca recuso siri desfiado... ou é imitação?

— Não, não, é de verdade. Meu aumento de salário entrou em vigor.

Às escondidas, dou a Graci um pedaço de queijo feta.

— Você teve um aumento? — pergunta Colleen.

Confirmo com um gesto.

— Que maravilha, querida — diz mamãe. — Sabe que a sua pele está com a melhor aparência que já vi?

— Deve ser o clima seco — diz Colleen.

— E o esfoliante de abricó — digo. — O esfoliante de abricó é ótimo.

— Ah, é tão ótimo que eu boto na torrada — diz Sam.

Observo-o comer evitando cuidadosamente as ervilhas no prato.

— Por que salada não mata a fome? — Mamãe se levanta e vai até a janela. — Tenho umas cortinas que iam funcionar muito bem aqui. Vou lhe mandar pelo correio quando chegar em casa, se você prometer que vai usar.

Faço que sim com a cabeça.
— Você promete mesmo?
Torno a fazer um gesto afirmativo. Sam diz:
— Vejam só que horas são.
Ficamos parados à porta acenando enquanto o carro com Colleen e mamãe vai embora. Sinto-me eufórica e me dirijo para o quarto. Sam me pega pelo braço.
— O canil vai fechar daqui a 45 minutos — diz.
Paro a caminhonete diante dos grandes portões de ferro, e Sam está na calçada antes que eu puxasse o freio de mão. Estamos a 30 metros do prédio e já ouvimos os latidos.
— Perderam seu cachorro? — grita acima da algazarra um policial grisalho e sorridente.
— Não. Queremos adotar um — diz Sam.
— Dêem uma olhada — grita ele, indicando uma porta de barras de ferro. — Os que têm uma etiqueta amarela estão prontos para ir. Mantenham as mãos longe dos dentes deles.
Quando entramos no corredor cinzento e comprido, os cães dão um novo sentido à palavra "ensurdecedor". Deve haver uns 50, cada um se esforçando para ser ouvido acima dos outros. Antes de chegarmos à metade do corredor, avisto o cachorro que Sam vai escolher. Uma criatura toda pintada, de orelhas compridas e patas do tamanho de uma toronja, um olho castanho e o outro azul.
— Cachorro bonitinho — diz ele quando chegamos à jaula.
É facilmente o cachorro mais feio que já vi na minha vida.
— Acho que ele gosta de você — digo.
O olho azul parece seguir Sam pelo corredor, enquanto o castanho fica grudado em mim.
— É ele — diz Sam. — Vai se chamar Arlo.
Há mais uma explosão de latidos quando a porta de Arlo é aberta e ele dispara para o corredor.

Sam segura no colo a extremidade traseira de Arlo enquanto ele come cascas de laranja do chão da caminhonete. Paramos no parque para deixar que corra um pouco por ali — para nos conhecer melhor antes de ir encontrar os outros cachorros. Depois de dois saquinhos de batata frita, ele quase sabe sentar.

— Vai ser um danadinho — diz Sam.

O sol está baixo e alaranjado no céu e os galhos das cerejeiras jovens estão curvados, quase se quebrando, de tantas flores.

— No ano que vem vamos pegar uma menina — diz Sam. — Uma menorzinha, que não coma tanto. Depois disso, provavelmente vamos ter que ir morar no campo.

— Ou parar de pegar cachorros — digo.

O rosto de Sam se tolda com a desconfiança que reserva para Colleen e minha mãe.

— Dá azar quebrar uma tradição — diz. Ele fica de pé e me puxa pela mão. — É melhor voltarmos para casa e voltarmos para a cama.

O Que Shock Escutou

Era final de primavera mas os ventos secos já tinham começado e estávamos tentando enfiar Shock no reboque de transportar cavalos para uma viagem ao veterinário e a terceira rodada de radiografias da pata dela. Ela mal tinha tido treinamento no campo, depois de meses de invalidez estava cheia de gás, sem a menor vontade de chegar muito perto de um reboque. Katie e Irwin, que são donos do estábulo e sabem muito mais que eu, portavam correias, laços de corda e pistolas com tranqüilizante, mas apesar de todo esse armamento não conseguiram sequer chegar perto dela o suficiente para disparar a pistola. Crazy Billy também estava lá, gritando a respeito de caibros e chuços elétricos, e mulheres imbecis demais para tratar direito um cavalo. Os cavalos dele ficavam imóveis enquanto montava e desmontava dando cambalhotas. Ficavam onde ele os amarrava, a meio metro dos trilhos do trem, a 30 centímetros da pista da rodovia. Uma vez perdeu um cavalo debaixo de um caminhão e quase matou o motorista. Todas as mulheres tinham medo dele, e os vaqueiros diziam que adestrava com comprimidos de narcótico. Eu o observava com atenção, tentando ser paciente com Katie e Irwin e com a fedelha da minha égua, mas não queria que Billy tocasse em Shock, por mais que demorássemos a colocá-la no reboque.

Foi então que o novo vaqueiro se aproximou, como se saísse do nada, com uma cenoura na mão, cochichou alguma coisa no ouvido de Shock e ela saiu andando atrás dele até entrar no reboque. Piscou para mim e sorri de volta, e os coitados do Irwin e da Katie ficaram ali simplesmente parados, enrolados com seus chicotes e suas correias.

O vaqueiro então entrou no estábulo, entrei na caminhonete com Katie e Irwin e não tornei a vê-lo durante dois meses. Quando Shock finalmente ficou boa, estava começando a montá-la e tentando ensinar-lhe algumas das coisas que qualquer cavalo de cinco anos de idade devia saber.

A essa altura estávamos no meio do verão, e só a idéia de vestir calça comprida para cavalgar era mortal, mas levava tantos tombos da Shock que tinha que usar. O vaqueiro me disse que se chamava Zeke, apelido de Ezekiel, perguntei se era religioso e ele disse que só em certas coisas.

Disse que meu nome era Raye e ele disse que era o nome da mãe dele e que a irmã gêmea dela se chamava Faye, eu disse que nunca consegui entender por que as pessoas fazem coisas assim com os filhos. Eu disse que estava desenvolvendo a teoria de que o nome da pessoa tinha tudo a ver com o tipo de gente que ela seria na vida, e ele disse que duvidava, porque eram apenas palavras, e perguntou se eu ia ficar o dia inteiro parada ali ou se ia cavalgar com ele. Então piscou para Billy, Billy sorriu, fingi não ver e fiquei com a esperança de que os dois não fossem igualmente babacas.

Sabia que Shock não tinha competência para o tipo de equitação que teria que fazer para impressionar aquele vaqueiro, mas havia tanto tempo que não saía para a pradaria que não consegui recusar. Para mim, a pradaria tinha uma coisa qualquer; não tinha nascido ali, mas quando me mudei para lá fiquei dominada e soube que nunca mais poderia deixar de viver sob aquele céu imenso. Quando era menininha, viajando de carro com a minha família, vindo da nossa cabana em Montana, atravessando o Nebraska até a casa de cada avô em Illinois, costumava ter medo daquela planura porque não sabia o que estava contendo o ar.

Algumas pessoas têm tanto medo da pradaria que ficam loucas, meu ex-marido foi um, existe até uma palavra para isso: "agorafobia". Mas quando procurei no dicionário de grego dizia "medo da praça do mercado", e isso me parece o tipo oposto de medo. Ele tinha medo do vento forte e das grandes tempestades que nunca chegaram quando estava vivo. Quando se matou com um tiro, as pessoas disseram que foi culpa minha porque o obriguei a se mudar para cá e a ficar aqui, mas a ficha dele dizia agorafobia aguda e acho que fez aquilo porque sua vida não era tão parecida com um livro como queria que fosse. Ele me ensinou literatura e linguagem, e mesmo usando a linguagem de maneira ruim — para inventar mundos que nos feriam — aprendi sobre o poder da linguagem, o que me deu um emprego, pelo menos, de redatora, para ganhar dinheiro suficiente para pagar as dívidas dele.

Mas não estava pensando em nada disso quando saí para a pradaria num galope leve atrás de Zeke e seu capão Jesse. O sol estava baixo no céu, mas o solstício tinha sido pouco tempo antes, era verão, o sol não parecia que caía — parecia que vazava na direção do horizonte e depois se derretia nele. Os campos estavam perdendo calor, no entanto, naquela velocidade sentíamos as faixas de calor e frio saindo da terra como se ela fosse uma máquina perfeitamente regulada. Percebia que Zeke não era tagarela, de modo que não me preocupei em cavalgar ao lado dele; não queria que Shock tentasse empinar sobre a pata ruim. Fiquei para trás, observando o jeito como o corpo dele se movia junto com o grande animal: pele marrom distendida sobre músculo e carne eqüina, crina negra e cabelos louros, respiração e suor, e uma nuvem de pó ergueu-se em volta deles até não haver jeito de separar o cavaleiro do cavalo.

Zeke era caçador. Ganhava a vida como guia de caça no Alasca, em lugares tão distantes, contou ele, que a presença de um homem com uma arma era insignificante. Ele me convidou para comer bifes de alce em sua casa, e eu, em parte porque adorava o modo como essas três palavras soavam juntas, aceitei.

Era o meu primeiro encontro em quase seis anos, e depois que enfiei este fato na cabeça não tive mais paz. Havia quase dois anos desde que tinha estado com um homem, exatamente quase dois anos desde o dia em que Charlie sentou-se na cadeira de balanço da nossa varanda da frente e estourou os miolos com uma espingarda tão grande que as manchas atingiram três conjuntos de janelas e chegaram até a rodear o canto da casa. Achei que tinha motivos suficientes para jurar ficar longe dos homens por algum tempo, e Charlie ainda não estava mais de três meses debaixo da terra quando arrumei outro.

Foi em outubro do mesmo ano, já fazendo frio e ficando escuro cedo demais, e Shock e eu tínhamos voltado ao estábulo mais ou menos uma hora depois do poente. Katie e Irwin estavam na cidade ou na cama, e o estábulo tão escuro quanto a casa deles. Levei Shock pelo cabresto para dentro da baia e começava a tirar a sela quando Billy saiu das sombras com uma ferramenta de ferrar na mão. As mulheres sempre dizem que sabem quando vai acontecer, e eu soube assim que ele abriu a porta da baia. Caí quando o metal bateu no meu ombro e não consegui enxergar, mas sentia o corpo dele já estremecendo e pequenos borrifos de saliva saindo da sua boca. A palha não estava limpa e Shock estava nervosa, me concentrei no som dos cascos dela escoiceando para trás. Imaginei as patas do animal batendo no crânio de Billy e me perguntei se o sangue na parede branca ia ficar parecendo com o de Charlie, mas Shock era uma égua honesta demais para tentar atingi-lo. O meu braço que não estava dormente ficou durante o tempo todo preso sob o joelho de Billy, mas eu o mordi bem no maxilar e ele ainda tem a cicatriz, uma meia-lua dos meus dentes, no rosto.

Ele disse que me mataria se contasse e pelo modo como ia a minha vida parecia razoável acreditar nele. Depois disso achei difícil ter entusiasmo para conhecer algum homem. Tinha aprendido a viver sem eles, mas não muito bem.

Shock tinha me derrubado no chão por cima da cabeça duas vezes, no dia em que Zeke me convidou para jantar, e quando cheguei à casa dele meu pescoço estava tão duro que tinha que virar o corpo inteiro para olhar para ele.

— Por que não toma um banho de banheira quente antes do jantar? — perguntou.

Virei a cabeça e os ombros para a direção da banheira aquecida a lenha no meio da sala de estar e devo ter ficado muito pálida mesmo porque ele disse:

— Bom, mas o aquecedor não está funcionando direito, e a água não está ficando tão quente quanto deveria.

Enquanto ele ia lá fora acender o carvão, sentei-me num banco duro de madeira coberto de peles, virado para o que Zeke chamava de parede de troféus. Em cima da porta, uma coruja pintalgada de marrom e branco me olhava por cima do bico pontudo, asas e garras posicionadas como se prontas para atacar, uma violência nos grandes olhos amarelos que nunca é tão completa nos seres humanos.

Voltou para dentro e me pegou de olhos fixos no focinho do urso cinzento que cobria a maior parte da parede.

— É um urso de 2,40 metros quadrados — anunciou e depois explicou, eriçando com a mão os pêlos do animal, que ele tinha 2,40 metros da ponta do focinho à ponta da cauda e da borda afiada como gilete de uma pata dianteira estendida até a outra. Alisou a pele novamente com gestos fortes e regulares. Retirou alguma coisa de um dos dentes do urso.

— É um urso de tamanho decente, mas eles ficam muito maiores — asseverou.

Contei-lhe sobre a ocasião em que estava passeando com meus cachorros ao longo do rio do Salmão e vi uma carcaça de cervo no meio de um ativo campo de desova. Os salmões estavam logo abaixo da superfície da água e suas caudas estapeavam a superfície enquanto se aglomeravam em torno do cervo. Uma cadela entrou na água para caçá-los e eles nem perceberam, nadaram em volta das pernas dela até que ela ficou assustada e saiu.

Riu e estendeu o braço na minha direção, pensei que era para me segurar, mas então ele pousou a mão no pescoço de um cervo macho pendurado na parede atrás de mim.

— Não é lindo? — perguntou.

Acariciou os pêlos curtos em volta das orelhas do cervo. O animal estava pendurado mais perto de mim do que tinha percebido e quando toquei em seu focinho estava mais quente do que a minha mão.

Ele tornou a ir lá fora e tentei pensar em outros casos para contar, mas fiquei toda nervosa e comecei a brincar com uma coisa que tarde demais percebi ser o pé de um pequeno animal peludo. A coisa sobre a qual estava sentada lembrava-me um pouquinho demais do meu cachorro para me permitir relaxar.

Os bifes de alce eram macios e saborosos, foi fácil comê-los, até que ele começou a me contar a história deles, do alce que tinha ido até a clareira para beber água e tinha visto Zeke lá, tinha visto a arma apontada e tinha confiado que Zeke não ia atirar. Nesse momento não consegui olhar diretamente para ele, que esperou um pouco e perguntou:

— Tem alguma idéia do que eles fazem com as vacas?

Depois disso conversamos sobre outras coisas: cavalos, a planície e as montanhas que ambos tínhamos abandonado por ela. Às duas horas falei que tinha de ir para casa e ele disse que estava cansado demais para me levar. Queria que ele me tocasse do mesmo modo que tinha tocado o cervo macho mas jogou uma coberta em cima de mim e me disse para levantar a cabeça para colocar o travesseiro. Depois subiu e entrou num sótão que eu nem tinha percebido, me deixou lá embaixo no escuro sob todos aqueles olhos assustados.

A coisa mais notável nele, acho, era a sua calma: as mãos ficavam mais paradas na crina de Jesse do que as minhas na de Shock. Nunca o escutei erguer a voz, mesmo rindo. Não havia um único animal no estábulo que não conseguisse transformar num carneirinho e eu sabia que devia ser a mesma coisa com aqueles que ele matava.

No nosso segundo passeio a cavalo, ele falou mais, até um pouco sobre si mesmo, os cavalos que tinha vendido, as ex-namoradas; havia nele uma escuridão que eu não conseguia localizar.

Era o dia mais quente daquele verão e não teria sido correto forçar os cavalos, de modo que deixamos que andassem a passo ao longo da margem do riacho durante toda a tarde e fomos até o condado vizinho, eu acho.

Perguntou-me por que não tinha me mudado para a cidade, por que não tinha feito isso pelo menos enquanto Charlie estava doente, e me perguntei qual versão da minha vida ele tinha ouvido. Respondi que precisava da amplidão, do mato e das ameaças de tempestade. Falei do meu trabalho e dos artigos que estava escrevendo, da minha convicção de que se me mudasse para a cidade, ou para o litoral, ou mesmo voltasse para as montanhas, ficaria paralisada. Disse-lhe que parecia que as palavras certas só me vinham no espaço perfeitamente semicircular da pradaria.

Esfregou as mãos, punho contra palma, sorriu e perguntou se eu queria descansar. Acrescentou que poderia tirar uma soneca se houvesse silêncio, e eu falei que sabia que sempre falava demais. Disse que isso não tinha importância porque eu não ligava se ele não escutasse o tempo todo.

Falei que as palavras eram tudo o que tinha — uma coisa que Charlie tinha me dito e uma coisa em que sempre acreditara porque me deixava cair num vácuo onde não precisava justificar minha vida.

Zeke estava esticando o pescoço de um modo engraçado, de modo que sem lhe pedir licença me aproximei e lhe fiz uma massagem nas costas. Quando terminei ele disse:

— Para uma escritora você tem uma boa comunicação sem palavras.

Mas não me tocou nem nessa ocasião e fiquei sentada imóvel enquanto o sol se derretia, sem graça e com medo até de olhar para ele.

Finalmente ele se levantou e espreguiçou-se.

— Billy diz que vocês às vezes saem juntos.

— É mentira de Billy — afirmei.

— Ele sabe muita coisa sobre você.

— Não mais do que todo mundo na cidade — respondi. — As pessoas falam. É só isso que fazem. Vou lhe contar tudo, se você quiser saber.

— Estamos bem longe do estábulo — disse, de um modo que não conseguia distinguir se era bom ou ruim. Estava esfregando as palmas das mãos tão devagar que aquilo estava me deixando arrepiada.

— A minha égua tem uma boa visão noturna — falei, com a maior calma que pude.

Estendeu a mão para um cacho da crina de Shock e ela esfregou todo o pescoço nele. Puxei o cacho da testa dela de sob a tira de couro. Ela enfiou o focinho nos bolsos traseiros dele, onde estavam as cenouras. Derrubou o boné da cabeça dele e coçou o focinho nas costas dele. Ele pôs as mãos nos dois lados do fio do lombo dela e massageou, fazendo pequenos círculos. Ela estendeu e baixou o pescoço.

— Sua égua é uma galinha, Raye — ele disse.

— Quero saber o que você disse para ela o seguir até o reboque — falei.

— O que eu disse? Meu Deus, Raye, não existem palavras para isso.

Ele então estava montado, esperando que eu montasse também. E partiu enquanto eu tinha apenas um pé no estribo. Cavalguei durante centenas de metros pendurada na crina de Shock até ele resolver ir mais devagar.

A trilha do riacho era estreita e Shock queria galopar, de modo que enfiei o outro pé no estribo e deixei que o ultrapassasse pelo lado externo, o trigo tão alto que chicoteava o ombro de Shock e a minha coxa. Uma vez que passamos na frente, Shock realmente disparou, podia sentir a sua força e a elasticidade dos músculos, a solidez da pata curada, toda vez que ela batia no chão. Então ouvi Jesse vindo pelo lado do riacho, no flanco de Shock, vi que estávamos chegando ao grande dique, sabia que Shock ia saltar se Jesse o fizesse, mas nenhum de nós queria desistir do primeiro lugar. Shock alcançou primeiro a borda e voou por cima dela, fui parar no pescoço dela e prendi a respiração quando as patas dianteiras atingiram o solo, mas já estávamos do outro lado e ela estava forte e sadia como antes. Jesse tornou a nos alcançar e vi que não conseguiríamos manter a dianteira por muito tempo. Senti as botas de Zeke no meu tornozelo e em certo momento nossas esporas se prenderam por um instante, e ele então puxou a perna. Deixei Shock diminuir a velocidade. Quando a poeira de Jesse baixou, o céu que escurecia abriu-se ao redor de mim como um convite.

Já não havia luz suficiente para galoparmos e ainda estávamos a uns 15 quilômetros do estábulo. Júpiter e Marte estavam no céu. Não havia lua. Zeke disse:

— Ver você montando quase me fez esquecer de ganhar a corrida.

Não consegui ver o rosto dele nas sombras.

Ele queria silêncio, mas estava escuro demais para não conversar, e lhe mostrei as constelações. Contei-lhe as histórias que sabia sobre elas: Cassiopéia chorando no ombro do Rei enquanto o grande Pégaso alado leva a filha dela pelo céu oriental. Cignus, o cisne, voando para o sul ao longo da Via Láctea, a Ursa Maior dando lentas cambalhotas no norte. Mostrei-lhe Andrômeda, a galáxia mais próxima da nossa. Falei:

— Ela está a 200 milhões de anos-luz de distância. Sabe o que isso significa?

E como ele não respondesse, continuei:

— Significa que a luz que estamos enxergando partiu dela há 200 milhões de anos. — E então perguntei: — Isto não faz você se sentir insignificante?

Ele respondeu:

— Não.

— Como isso faz você se sentir? — quis saber.

— Como se eu ganhasse alguma coisa que posso não merecer — respondeu.

Ele viajou por seis meses para caçar em Montana. Ficava pensando nele lá em cima nas montanhas de onde eu tinha vindo, com vontade de saber se ele as enxergava como eu, se via o modo como elas continham o ar. Não escreveu ou telefonou nem uma vez, nem eu, porque achei que estava sendo testada e queria passar no teste. Me deixou uma chave para eu poder regar as plantas e fazer o tratamento da água da banheira quente. Fiquei amiga dos animais na parede, às vezes até conversava com eles, como fazia com as plantas. O único que evitava era o carneiro *dall*. Perfeito em sua brancura, com um rosto bondoso e sábio como o de Buda. Não queria imaginar as mãos de Zeke puxando o gatilho para o tiro que manchou o pescoço branco com o sangue que o taxidermista deve ter se esforçado para remover.

Me pediu também para manter Jesse em forma e fiz isso. Trabalhava com Shock no picadeiro durante uma hora e depois saía com Jesse para as trilhas. Ele ficava um pouco nervoso comigo, estando tão acostumado à estranha calma de Zeke, acho, de modo que cantava para ele as canções que me lembrava dos discos de Zeke: "Angel From Montgomery", "City of New Orleans", "L.A. Freeway", lugares onde nunca estivera e não tinha vontade de ir. Não sabia nenhuma música sobre Montana.

Quando voltávamos para o estábulo, escovava Jesse até brilhar, esfregando em volta da cara e das orelhas com uma camurça até que ele finalmente baixou um pouquinho a guarda e entregou-se às minhas mãos. Dei-lhe caixas cheias de cenouras enquanto Shock me olhava interrogativamente pelo canto do olho.

Certa noite Jesse e eu voltamos tarde do passeio e o único carro que havia no estábulo era o de Billy. Desci e subi duas vezes a estrada com Jesse até que me lembrei de procurar nas bolsas da sela de Zeke a faca de caça que devia ter sabido que estaria ali. Coloquei-a no bolso interno da jaqueta de brim e me senti poderosa, mesmo não tendo pensado no ato de usá-la. Quando atravessei a porta do estábulo, liguei o comutador que acendia todas as luzes, e ali estava Billy apoiado na porta da baia de Jesse.

— Então agora está montando o cavalo dele — disse.
— Quer abrir esta porta? — falei, postando-me o mais ereta possível entre ele e Jesse.
— Isso quer dizer que estão de namoro firme?
— Me deixe passar — pedi.
— Seria uma pena se ele voltasse e não encontrasse um cavalo para montar — disse.

Tentei pegar as rédeas de Jesse mas ele avançou mais rápido, assustando Jesse, que empinou, girou e disparou pela porta aberta do estábulo. Escutei os cascos dele na pedra e na terra batida até se distanciar tanto que só imaginava o som.

Billy me jogou de costas dentro de um carrinho de mão. Quando minha cabeça bateu no esterco peguei a faca e segurei-a entre nós, ele deu um passo para trás e limpou a saliva da boca.

— Você não foi tão divertida assim na primeira vez — disse, e correu para a porta.

Deixei que entrasse no carro e saísse cantando os pneus, fiquei ali deitada no esterco, respirando mijo de cavalo e rezando para que ele não atropelasse Jesse na estrada. Levantei-me devagar e fui buscar uma toalha no quarto dos arreios; tentei limpar meus cabelos com ela, mas a toalha era de Zeke e tinha o cheiro dele, e não conseguia entender por que durante toda a minha vida tudo que fazia era tão fora de hora. Embrulhei meu rosto nela, tão apertado que mal podia respirar; sentei-me na caixa de Zeke e recostei na parede, mas então me lembrei de Jesse; coloquei um pouco de ração num balde, saí para a escuridão e assobiei.

Era final de setembro, quase meia-noite, todas as estrelas que tinha mostrado a Zeke tinham feito uma meia-volta para o oeste. Órion estava no horizonte, o arco esticado, apontando para a Ursa Maior do outro lado da Via Láctea, acho, se o espaço se curva como faz a Terra. Jesse não estava em parte alguma, andei metade da noite procurando por ele. Fui dormir na minha caminhonete, de madrugada Irwin e Jesse apareceram juntos à porta do estábulo.

— Ele se assustou — contei a Irwin. — Fiquei preocupada demais para ir para casa.

Irwin me encarou.

— Tem alguma notícia de Zeke? — perguntou.

Passei muito tempo imaginando a volta dele. Imaginava cenas que sabia que nunca aconteceriam, o tipo que nunca acontece com alguém, em que o homem sai do carro tão depressa que rasga o casaco. E quando ele levanta a mulher para o céu, ela está tão leve que pensa que corre o risco de ser absorvida pela atmosfera.

Tinha acabado de voltar de um passeio de quatro horas quando a caminhonete dele parou no estábulo, exatamente seis semanas depois do dia em que tinha partido. Saltou devagar como sempre, depois foi até os fundos, onde guardava as cenouras. Pela janela do quarto de arreios o observei escovar Jesse e alimentá-lo, pegar um dos cascos dianteiros, correr os dedos pela cauda.

Queria parecer ocupada, mas tinha acabado de guardar tudo, me sentei no chão e comecei a engraxar o meu arreio, e então me arrependi, por causa do cheiro que teria quando me visse. Ele demorou 15 minutos para vir me procurar, e eu tinha desmontado o bridão e feito a melhor lubrificação da vida. Pôs as mãos na moldura da porta e deu um enorme sorriso.

— Monte esta coisa de novo e venha cavalgar comigo — disse.

— Acabo de voltar — contei. — Jesse e eu andamos por toda parte.

— Isto vai te ajudar a me vencer — retrucou. — Vamos, está ficando escuro cada vez mais cedo.

Passou por cima de mim e pegou a sela na prateleira, montei o bridão o mais rápido que pude. Ele aprontou-se antes de mim e ficou parado bem pertinho enquanto eu fazia Shock se comportar e se deixar arrear. Tentei não deixar minhas mãos tremerem enquanto apertava a barrigueira.

Quando estávamos ao ar livre sob o sol do final da tarde, era como se ele nunca tivesse viajado, exceto que desta vez saiu galopando antes de chegar à trilha.

— Vamos ver este cavalo galopar — gritou para mim.

Atravessou disparado a estrada e a trilha do riacho, mergulhando direto no meio do trigal. O trigo estava tão alto que mal conseguia ver a cabeça de Zeke, mas o solo era regular e Shock estava encurtando a distância entre nós. Pensei no fazendeiro, que atiraria em nós se nos visse, em todas as horas que tinha gasto com Jesse mantendo-o em forma para que Zeke pudesse voltar para casa e vencer outra corrida. O céu estava negro para as bandas do oeste e escurecia rapidamente. Tentei lembrar se tinha ouvido a previsão do tempo e sentir se havia alguma direção no vento. Então saímos para um campo de feno recém-colhido e enfardado, o cheiro era tão forte e doce que me deixou tonta, pensei que talvez não estivéssemos tocando no solo mas quase voando acima dele, mantidos no ar pelo aroma e pelos redemoinhos do vento. Levei Shock diretamente para um par de fardos amarrados juntos e fiz com que ela saltasse por cima deles. Ela saltou, mas quando chegamos à vala de irrigação tínhamos perdido mais alguns segundos para Zeke.

Senti os primeiros pingos da chuva e tentei gritar para Zeke, mas o vento aumentou de repente e empurrou minha voz de volta para dentro da boca. Sabia que não havia chance de alcançá-lo, mas enfiei os calcanhares e Shock correu ainda mais, mas senti que ela tinha enfiado a pata dianteira numa toca de esquilo. A toca desmoronou e ela caiu, fui lançada por cima do pescoço dela e então ela caiu por cima de mim. Meu rosto bateu no chão e senti o gosto de sangue, um casco atingiu minha cabeça por trás e ouvi as rédeas cedendo, esperei o golpe de outro casco mas então tudo sossegou e me dei conta de que ela tinha saído de cima de mim. Pelo menos não estou morta, pensei, mas minha cabeça doía muito só de me mexer.

Senti a terra dentro da boca e pensei em Zeke afastando-se a galope pela pradaria, envolto em movimento, alheio à minha queda. Ainda percorreria uns dois quilômetros, talvez três, antes de diminuir a velocidade e olhar para trás, mais um quilômetro antes de parar de vez, notar a minha ausência e voltar para me procurar.

Abri um olho e vi Shock pastando ali perto, as rédeas partidas em tamanhos diferentes pendendo abaixo da barriga. Se ela tornasse a distender o tendão da pata, levaria semanas, talvez meses, até que pudesse montá-la outra vez. Minha boca estava cheia de sangue, meus lábios incharam tanto que o sangue escorria pelos lados, embora mantivesse a boca fechada e a cabeça baixa. O vento agora soprava em pequenas rajadas, interrompidas por períodos de calmaria cada vez mais longos, mas o céu ficava cada vez mais escuro. Levantei a cabeça para procurar Zeke, fiquei tonta e fechei os olhos, tentando respirar com regularidade. Depois do que pareceu um longo tempo, comecei a ouvir um ritmo dentro da cabeça e apertei a orelha contra a terra e vi que era Zeke voltando a galope através do campo, equilibrado e regular, rodeando ou saltando os buracos. Ouvi suas botas batendo no chão. Ele primeiro amarrou Jesse, depois pegou Shock, o que foi inteligente, acho, então ajoelhou-se ao lado da minha cabeça, abri o olho que não estava na terra, ele sorriu e pôs as mãos nos joelhos.

— A sua boca! — disse, sem rir.

Mas sabia a aparência que devia ter. Levantei-me apoiada no cotovelo e comecei a dizer que estava bem. Ele disse:

— Não fale. Vai doer.

E tinha razão, doía mesmo, mas continuei falando e logo estava descrevendo a dor na boca e atrás da cabeça e o que Billy tinha feito naquele dia no estábulo e os fantasmas que carrego comigo. O sangue saía junto com as palavras e pedaços de dente, continuei falando até ter contado tudo a ele, mas quando olhei para o rosto dele compreendi que tudo o que tinha feito era aumentar a distância com as palavras que tinha escolhido com tanto cuidado e que ele não queria ouvir. O vento recomeçou e a chuva estava ganhando força.

Aí eu já estava chorando, mas não com força, não dava para saber, por causa de toda a terra e o sangue, e a chuva, e o barulho que o vento estava fazendo. Estava chorando, acho, mas tinha vontade de rir, porque ele teria dito que não existiam palavras para o que não lhe contei, que eu o amava e amava ainda mais a pradaria que não deixava esconder coisa alguma, mesmo que a gente quisesse.

Estendeu a mão no espaço que minhas palavras tinham criado ao meu redor e pôs o dedo comprido e moreno contra meus lábios inchados. Fechei os olhos com força enquanto a mão dele aninhava o meu queixo, me deixei cair dentro do peito dele e do que quer que o atraía para mim. Me segurei ali sem respirar, como se esperasse o som de cascos na areia, como se esperasse um furacão.

Dall

Não sou uma pessoa violenta. Não atiro em animais e odeio frio, portanto acho que não tinha nada que acompanhar Boone às cordilheiras do Alasca para uma temporada de caça aos carneiros *dall*. Mas desde o início o meu amor por Boone era um pouco menos de contentamento e um pouco mais de doença, assim, quando ele disse que precisava de um guia-assistente, comprei um casaco acolchoado de plumas e arrumei as malas. Tinha uma idéia sobre o Alasca: que a imensidão erma do lugar iria aumentar a minha gama de possibilidades. A aurora boreal, por exemplo, era uma coisa que eu queria ver.

Depois da primeira semana no Alasca, comecei a me dar conta de que o objetivo de caçar carneiros era privar-se intencionalmente de todos os confortos da vida normal. Levantávamos às três da madrugada e saíamos da cabana sabendo que só voltaríamos depois de quase 24 horas, quando não vários dias. Tudo dependia dos carneiros, onde estavam e até qual distância conseguíamos persegui-los. Boone era um caçador do tipo tudo-tem-que-ser-difícil-e-doloroso e não havia nada que apreciasse mais do que passar seis ou sete horas rastejando pela tundra verde e encharcada.

O tempo estava quase sempre ruim. Se não estava chovendo, estava geando ou nevando; se o sol surgia, o vento começava a soprar. Carregávamos pesadas mochilas cheias de roupa seca e quente, mas se avistássemos alguns carneiros e começássemos a segui-los, tínhamos de deixar as mochilas para nos escondermos melhor e muitas vezes só voltávamos para apanhá-las depois de escurecer. Ficávamos com os pés molhados logo no começo do dia. Carregávamos apenas a água suficiente, de modo que estávamos constantemente à beira da sede de verdade. De almoço comíamos patê de presunto enlatado todos os dias, mesmo que ostras defumadas e frutas secas pesassem bem menos. Aliás, parecia importante não comer frutas e legumes, subir e descer pela parte mais íngreme de todas as montanhas e quase sempre ser apanhado ao ar livre depois que escurecia.

Boone e eu formávamos uma boa equipe, a não ser quando tínhamos uma das nossas brigas, que eram infreqüentes, mas espetaculares. No Alasca, parecia que a gente brigava toda vez que tinha um minuto a sós, e esses minutos eram raros, por causa de uma série de caçadores que tinham medo dos ursos e além disso estavam meio apaixonados pela macheza de Boone.

Quando Boone ficava realmente zangado comigo, quando seu rosto inchava e as têmporas pulsavam e falava com os dentes cerrados e pequenos chuviscos de saliva batiam no meu rosto, era tão cômico e tão diferente da sua calma de guia que estava sempre esperando que ele começasse a rir, como se tudo fosse uma grande brincadeira que não tinha entendido direito. E quando ele me agarrava com tanta força que me fazia gritar, ou me jogava em cima da cama ou me dava uma rasteira, sempre parecia mais brincadeira do que violência. Como se estivéssemos representando uma cena, esperando um sinal da platéia indicando que o absurdo dos atos de Boone tinham sido adequadamente compreendidos.

Muitas vezes na minha vida sentei-me com mulheres, amigas minhas, que revelam, às vezes com timidez, às vezes com orgulho, mágoas de alguma espécie, e sei que já disse: "Se acontecer uma vez, abandone-o." Também já disse: "Não tem importância que você o ame muito. Abandone-o se acontecer uma única vez." E o disse com total confiança, como se soubesse de que diabos estava falando, como se a violência fosse uma coisa que pudesse ser facilmente definida.

Entre mim e Boone, ela nunca foi uma coisa nítida. Apesar de todos os empurrões que me dava, nunca me bateu, nunca chegou a me machucar de verdade. Sou grande, forte e sempre bronzeada, e não me machuco com facilidade. Sempre fiquei comovida, de um modo estranho, pela ambivalência dos atos violentos dele; eram ao mesmo tempo agressivos e protetores, como se ele não quisesse me machucar mas simplesmente me conter, como se não quisesse me dobrar mas apenas calar a minha boca.

Naquela temporada levamos quatro caçadores, um de cada vez, 14 dias cada um, proporcionamos-lhes o maior exercício físico da vida deles. Caminhávamos uma média de 25 quilômetros por dia, com um progresso vertical entre 1.200 e 1.500 metros — mais ou menos o equivalente a percorrer ida e volta o Grand Canyon todos os dias durante dois meses. A princípio confusos com a minha presença e minha capacidade, os caçadores logo aprendiam depressa que eu era sua única aliada, a pessoa que lhes dava chocolate extra às escondidas, aquela com quem podiam ir se lastimar.

— Não está com fome? — vinham cochichar comigo quando Boone estava fora do alcance da voz.

Eu dizia:

— Que tal um almoço leve, Boone?

Boone me lançava um olhar exasperado.

— Estamos caçando, garota — dizia, como se isso explicasse tudo. — Vamos comer assim que for possível.

Lavávamos a louça com água de rio, que tinha tanta terra que os pratos ficavam mais barrentos depois que eram lavados. A cabana tinha 6,50 por 9 metros, e fazíamos fila para ocupar o centro do aposento, em cima de uma tina, para escovarmos os dentes e um por um nos aprontávamos para dormir. Dois metade-catres/metade-redes pendurados na parede desdobravam-se para formar alguma coisa parecida com beliches. O caçador dormia no leito de cima, eu ficava no debaixo. Boone estendia seu saco de dormir no espaço que sobrava no chão.

Todas as noites esperávamos o caçador começar a roncar, então Boone vinha para a minha cama e fazíamos um amor vagaroso e inteiramente silencioso. Mal havia espaço para os meus ombros na largura da cama, mal havia espaço para os nossos dois corpos sob a cama do caçador, mas de alguma forma conseguíamos ir até o fim. Percebi, pela primeira vez na vida, que o proibido pode ser muito excitante.

Boone normalmente pegava logo no sono, eu ficava tão exausta da caçada do dia que adormecia também, mesmo esmagada daquele jeito pelo peso dele. Por volta das três e meia da manhã acordávamos, duros e dormentes, ele escorregava da minha cama até ficar ajoelhado no chão. Ficava assim por algum tempo, massageando as minhas têmporas ou os meus dedos até eu voltar a dormir. Quando o despertador tocava, ele sempre estava enfiado no saco de dormir, inteiramente coberto, a não ser por um braço estendido na direção da minha cama — às vezes até na vertical, apoiado nela.

Acho que nenhum dos caçadores percebeu o que acontecia, a não ser Russell, que ficou tão maluco pelo Boone à sua maneira que tinha medo de me deixar sozinha com ele, medo de perder um momento da nossa intimidade, medo até de dormir à noite. Certa noite, logo antes do orgasmo, Boone batia com tanta força na cama de Russell que eu sentia as batidas através do corpo dele. Boone ficou imóvel por bastante tempo, até que todos adormecemos e não terminamos de fazer amor. Na noite seguinte, esperamos uma eternidade que Russell começasse a roncar e quando começou achei que o ronco parecia forçado e artificial, mas Boone parecia convencido e se esgueirou para a minha cama, achatando-se como uma cobra em cima de mim de tal modo que não conseguia distinguir os meus movimentos dos dele.

Caçávamos em terra de ursos cinzentos, e nas noites nubladas, quando o transistor conseguia captar a estação de Fairbanks, sempre escutávamos notícias de mais um ataque de urso, ou mais um cadáver de caçador que o Departamento de Caça e Pesca não conseguia encontrar. Não íamos a parte alguma sem rifles e quando o nosso piloto descobriu que eu não tinha uma arma, tirou do bolso a menor pistola .22 que já tinha visto.

— Não vai parar um urso, a não ser que você atire com a pistola dentro da boca do bicho — ele advertiu. — Mas é melhor do que nada.

Então contou uma história igualzinha a todas as outras. Nela, um urso arrancou o couro cabeludo de um homem com uma patada e depois esmagou o crânio dele contra um tronco de árvore. Ainda quebrou a espinha dele contra uma pedra.

Mas não era o medo de morrer que ia me vencer, não era a luta, o trabalho duro ou a comida ruim. A única coisa que realmente me preocupava no Alasca era como ia me sentir quando a caçada desse certo, como ia me sentir vendo o animal cair: o período de tempo, por mais breve que fosse, entre o tiro e a morte.

Boone me disse que não ia ser tão ruim quanto eu imaginava. Disse que os nossos caçadores eram exímios atiradores, que todos iriam dar tiros perfeitos direto no coração, que os animais morreriam instantaneamente e sem dor. Disse que a coisa boa de caçar *dalls* era que a gente sempre escolhia os carneiros mais idosos, porque tinham os chifres maiores, aqueles chifres que davam uma volta inteira. Boone disse que a maioria dos carneiros que íamos matar naquela temporada teriam morte lenta e dolorosa, de fome, no inverno. Disse que quando ficavam fracos, os lobos lhes arrancavam as entranhas, às vezes quando ainda estavam vivos.

Boone falava muito na ética da caçada, na relação entre os comedores de carne e a caça. Dizia que mesmo trabalhando para caçadores de troféus, nunca tinha deixado que atirassem num animal sem matá-lo e nunca tinha deixado que levassem toda a carne quando matavam um animal. Os restos deixados na carcaça viravam alimento para os lobos e as águias. Era a mais básica das relações espirituais, dizia ele, e eu queria tanto acreditar nele que me agarrava à sua doutrina como a uma esperança.

Mas mesmo assim sempre torci para os carneiros. Sempre que chegávamos perto, tentava mandar-lhes mensagens telepáticas para que virassem a cabeça e olhassem para nós, para que saíssem correndo depois de nos avistar, mas muitas vezes eles ficavam ali com cara de idiotas, esperando para serem abatidos. Às vezes não se moviam até mesmo depois que o caçador dava o tiro, às vezes até mesmo depois que os carneiros mortos caíam aos seus pés.

Era sempre nesses momentos, no meio de tantos apertos de mão, abraços cerimoniosos e tapinhas nas costas tipicamente masculinos, que me perguntava como podia estar apaixonada por Boone. Ficava querendo saber como podia estar apaixonada por um homem que parecia feliz porque o magnífico animal branco diante de nós acabava de cair morto.

O primeiro carneiro que morreu naquela temporada foi o de um caçador chamado James. Ele tinha uma empresa que fabricava todos os componentes essenciais de uma usina de tratamento de esgoto. Era alegre, um pouquinho burro e flagrantemente muito rico.

No primeiro dia que passamos juntos, James nos contou uma história sobre ter ido caçar com seis homens que tinham permissão para abater alces. Aparentemente eles se separaram, James encontrou o bando primeiro e matou seis animais em questão de segundos. Tentei imaginá-lo irrompendo numa clareira, encontrando seis alces e matando todos, sem deixar um sequer.

— Sabia que se matasse um, eles iam se espalhar e nós os perderíamos — explicou. — Estavam bem agrupados e eu sabia que se começasse a atirar ia atingir mais de um.

Nos dez primeiros dias da caçada de James choveu tanto, as nuvens estavam tão baixas, que os carneiros poderiam estar em cima de nós sem que os víssemos. As nossas roupas ficaram tanto tempo molhadas que a pele começou a ficar estranha. Todas as manhãs enfiávamos os pés em sacos plásticos limpos.

Na décima primeira manhã, o sol apareceu forte e quente. Durante os dias nublados, o curto verão do Alasca tinha se transformado em outono e a tundra já começava a passar do verde e amarelo para o vermelho e alaranjado.

Boone disse que nossa sorte mudaria com o tempo. Antes de completarmos duas horas e sete ou oito quilômetros de caminhada, avistamos cinco dos maiores carneiros que Boone já tinha visto no vale.

Estavam bem distante de nós, talvez uns cinco quilômetros horizontalmente e uns mil metros verticalmente; o vento estava irregular e não havia cobertura entre nós e eles. Nossa única opção era nos arrastarmos até o leito do riacho e esperar que a água corrente e as rochas cor de argila nos disfarçassem. Durante uns 200 metros o aclive do leito era grande e tivemos que transpor duas ou três quedas d'água, e mais de uma vez achei que o rio ia levar James, mas todos conseguimos vencer essa parte saindo apenas meio encharcados.

Estávamos na tundra, quase sem proteção, e tivemos que rastejar nos cotovelos e nas pontas das botas, joelhos e estômagos na lama, avançando no máximo cinco centímetros de cada vez, molhados, friorentos e sujos.

Pensei no quanto parecíamos soldados, como aquilo tudo era semelhante a uma guerra, como era estranho que esse elemento bélico parecesse ser uma parte tão grande da atração.

Esse avanço rastejado levou a maior parte do dia e nos colocou em boa posição para a alimentação da tarde. Ficamos por trás de uma formação rochosa comprida e baixa, de onde tínhamos ótima visão dos carneiros, e como previsto eles já vinham descendo dos rochedos onde descansavam durante o dia. Quatro ou cinco tinham chifres completos, com muita massa e profundidade. Não conseguiríamos chegar mais perto sem ser vistos, de modo que só o que podíamos fazer era ficar deitados nas pedras, com nossas roupas encharcadas, e esperar que viessem pastando em nossa direção.

A cada meia hora, Boone erguia o corpo até poder ver por cima do rochedo que nos protegia. Então sorria ou erguia o polegar. Passaram-se mais três horas e a dormência que tinha começado nos meus pés já estava chegando acima dos joelhos. Finalmente Boone fez sinal para que James se juntasse a ele. Eu me movi pela primeira vez em muitas horas, erguendo-me sobre os cotovelos para ver os carneiros pastando a menos de cem metros. Observei James tentando ficar em posição, tentando respirar profundamente, tentando segurar melhor a arma. Boone cochichava baixinho em seu ouvido e eu escutava apenas fragmentos do que ele dizia — "... um tiro bem possível...", ou "... o segundo da direita...", "... só uma chance", "fique bem relaxado" — e tentei imaginar algum canto ritmado, algum mantra, que pudesse de alguma forma santificar a cena, que tornasse sacro o que parecia criminoso. Então o tiro explodiu nos meus ouvidos e um dos carneiros pôs-se a subir correndo de volta montanha acima em direção aos penedos.

— Observe se ele está sangrando! — pediu-me Boone.

Apontei o binóculo para o animal, mas ele estava subindo com força e regularidade. Tinha certeza de que o caçador tinha errado o tiro, mas não falei porque não queria que James desse outro tiro, os outros quatro carneiros ainda estavam ali de pé, nos encarando, tentando captar o nosso cheiro, tentando entender o que éramos e o que estávamos fazendo no seu lado da montanha.

James estava novamente em posição de tiro.

— Que é que você está vendo? — perguntou-me Boone.

— Não consegui ter uma visão de frente — respondi, o que era verdadeiro, embora irrelevante.

James relaxou a mão que segurava a arma. De repente uma lufada de vento ergueu-se por trás de nós e os carneiros nos farejaram. Num instante estavam subindo atrás do quinto carneiro, segundos depois estavam fora do alcance dos tiros.

— Ele está inteiro. Você deve ter atirado por cima dele — declarei.

— Certo — disse Boone a James. — Vamos lhes dar alguma distância e então os seguimos até o alto da montanha. Garota, quero que fique aqui e vigie o fundo. Vigie os carneiros e o nosso progresso. Quando chegarmos ao topo, vamos para o sul ao longo da crista. Quero que se mantenha algumas centenas de metros na nossa frente. Quero que impeça que os carneiros desçam.

Até a crista da cordilheira eram mais de 900 metros. Os carneiros chegaram lá em 25 minutos. Boone e James não tinham percorrido sequer a quarta parte do caminho. Eu sabia que se os carneiros continuassem em movimento, se descessem pelas rochas espalhadas do outro lado, Boone e James jamais os alcançariam antes de escurecer.

Observei dois carneiros empurrando-se com os chifres, em silhueta de encontro ao céu crepuscular, e pensei que talvez a razão por que as ovelhas e os carneiros viviam separados era que os carneiros afinal não eram tão diferentes dos caçadores — de alguma estranha maneira aquilo me consolava.

"Continuem!", pensei várias vezes, mas eles ficaram lá parados, recortados no horizonte, enquanto os homens chegavam mais perto.

Finalmente Boone e James alcançaram o topo, a uns 500 metros dos carneiros. Mas eles os viram primeiro e começavam a descer de volta pelo meu lado. Se quisesse fazer o que Boone tinha me pedido, estava na hora de começar a andar. Sentei-me na tundra e lentamente calcei as luvas. Sabia que Boone podia me ver lá de cima. Sabia que se não fizesse o meu trabalho, ele saberia. Dei um passo na direção de onde os carneiros estavam descendo e então outro passo. Eles prestavam atenção em mim e hesitavam nervosamente na encosta da montanha, entre mim e os caçadores. Sentei-me para trocar de meias, que estavam encharcadas e de repente insuportáveis. Quando tornei a ficar de pé, observei os quatro carneiros, um de cada vez, deslizarem para o vale no sopé da montanha à minha frente.

Já estava escuro quando Boone e James voltaram da montanha. Decidimos acampar ali e tornar a procurar os carneiros de manhã cedo. Fiz uma sopa desidratada de galinha e pudim de chocolate instantâneo.

Logo depois do jantar encontramos Brian. Ele chegou ao nosso acampamento e saiu da escuridão berrando com todas as forças, para que não pensássemos que era um urso e atirássemos nele. Caminhava e gritava, parecendo um lenhador canadense, mas, em certo momento da noite, ele confessou ser da Filadélfia.

Brian era especialista em sobrevivência. Dava cursos em Anchorage e em todo o país. Quando terminasse sua caçada solitária de duas semanas, partiria para o deserto de Sonora para ensinar as pessoas a pular de pára-quedas usando roupa de mergulho, máscara e pés de pato. Foi o único homem que conheci no Alasca que disse coisas boas sobre a esposa.

Brian levava uísque Jack Daniel's numa garrafa de plástico onde estava escrito "provisões de emergência" em seis línguas diferentes. Falou-nos dos seus alunos: tinham que fazer um solo de três dias no final do curso; ele lhes dava um coelho vivo, para que pudessem ter pelo menos uma boa refeição. Tinha esperança de que eles fizessem carne-seca. Esperava que improvisassem luvas costuradas com os tendões das pernas do coelho.

— Mas isso nunca dá certo, porque o companheirismo é uma coisa muito especial — contou.

Todos nós pensamos que ele ia dizer alguma coisa pornográfica e esperamos enquanto ele dava um longo gole da garrafa.

— No segundo dia sempre vou dar uma olhada neles — continuou. — Todos terão construído casinhas de pedra para seus coelhos, algumas com caixa de correspondência. Batizaram os coelhos, rasparam as iniciais num pedaço de casca de árvore e penduraram a casca em cima das portinhas.

Por um minuto ficamos ali sentados sem dizer coisa alguma, então a conversa voltou ao normal: um urso pardo que continuou a investir depois de seis rajadas de um Winchester .300, um alce que não queria cair depois de sete tiros e em seguida depois de oito. Uma bala que entrou pelo ânus de um alce e saiu pela boca.

Olhei por cima da fogueira a tempo de ver Boone, que estava sem tabaco de mascar, enfiar um torrão de café instantâneo entre a gengiva e a bochecha. Brian tornou a passar a garrafa, com o rifle atravessado nos joelhos, uma bala na agulha. Disse que vinha seguindo pegadas de urso cinzento durante mais de dois quilômetros até o acampamento, pegadas grandes, indicando um urso com no mínimo dois metros de altura.

Eu tinha vontade de ir para a cama, mas a barraca ficava a quase cem metros da fogueira e sabia que nunca conseguiria tirar Boone de lá. Estava farta de histórias de caçador, cansada de mascar tabaco, de charuto e de vozes masculinas. Estava exausta de aturar paranóia: de ter medo de deixar cair uma gota de comida na roupa, medo de ir ao banheiro, medo de dormir de verdade. Estava farta de sentir frio, fome e sede, de estar molhada e suja e suada e pegajosa, farta da areia que ficava nos olhos, na boca, na comida, na barraca e até na água que bebíamos e do vento que soprava a areia em círculos e era incessante.

Nunca mais chegamos a ver aqueles cinco carneiros grandes, mas no penúltimo dia da caçada de James chegamos suficientemente perto de alguns carneiros jovens e fizemos outra tentativa. Tínhamos o vento a nosso favor, mas apenas algumas horas até escurecer. Rastejamos como soldados por um tempo que pareceu enorme, o único som além do rio era o grunhido ritmado de James cada vez que tirava a barriga da lama.

Ficamos em posição de tiro com um resto de luz, Boone falando baixinho ao ouvido de James, James colocando o corpo em posição, depois o rifle, depois o corpo de novo. Havia 11 carneiros na nossa frente, sete altos e quatro baixos. Pelo menos quatro ou cinco tinham chifres completos. Eu estava tentando calcular qual era o maior quando o tiro soou alto e forte. Então soou de novo.

— Não atire de novo! — disse Boone em tom zangado. — Preste atenção no carneiro.

Ficamos todos observando um dos cinco carneiros mais baixos descer correndo o leito de cascalhos, as patas muito abertas e desajeitadas.

— Vou atirar de novo — disse James. — Posso atirar em outro?

— Precisamos saber se aquele em que você mirou está ferido — disse Boone, agora calmo.

— Não acertei nele — afirmou James.

— Acertou, sim — contestei.

— Por enquanto não dá para saber — disse Boone.

James empunhou o rifle.

O carneiro desceu mais ainda e sumiu de vista. James e Boone continuaram conversando, convencendo-se de que o tiro não tinha atingido o carneiro, mas eu sabia que tinha. Sabia como uma mãe sabe que o filho foi ferido.

— Aquele carneiro foi atingido — tornei a dizer. — Só não sei onde.

Primeiro um e depois três outros carneiros desceram correndo para juntar-se ao primeiro.

— Não vi sinal de sangue. Acho que ele escapou — disse Boone.

— Ele não escapou — repeti, desta vez mais alto. — Não está me ouvindo?

Os dois viraram-se para mim de repente, como se percebessem a minha presença pela primeira vez e então deram-me as costas com a mesma rapidez.

— Vamos ver se conseguimos chegar mais perto — disse Boone. Levantou-se e, depois de termos rastejado tanto, saiu andando na direção de onde os cinco carneiros mais baixos tinham desaparecido. James e eu fomos atrás. Os oito carneiros acima de nós nos observaram por um minuto e depois começaram a subir lentamente, mas sem parar, até a crista da montanha. O sol já tinha sumido atrás daquela cordilheira horas antes, mas o crepúsculo do Alasca se alongava e iluminava o cenário enquanto os carneiros, um a um, chegavam à crista e enchiam o horizonte, cada um deles uma perfeita silhueta negra contra o céu cor de sangue.

Um dos cinco carneiros mais abaixo correu para juntar-se ao grupo no horizonte. Chegamos ao alto de uma plataforma e vimos outros três, pouco mais de 15 metros abaixo de nós.

— É o meu tiro favorito — comentou James.

— Ainda não — disse Boone.

Os três carneiros surgiram totalmente à vista. Nenhum deles estava sangrando.

— Os dois primeiros têm chifres completos. Atire quando estiver pronto — falou.

— Ainda falta um — declarei. — O carneiro ferido ainda está lá embaixo.

Boone nem mesmo se virou; um gesto seu me silenciou. O rifle tornou a disparar e o primeiro carneiro caiu.

— Um carneiro morto! — exclamou Boone.

Lembro-me de ter pensado que não devia olhar e suspeito que tudo teria sido mais fácil daí em diante se não tivesse olhado. Mas não foi como Boone tinha dito que seria.

O tiro atingiu o carneiro na coxa traseira, deixando-o bem vivo, mas sem conseguir ficar de pé. Durante uns dez ou doze segundos, ele tentou arrastar-se pela geleira apoiado nas patas dianteiras, e então, exausto, desistiu e começou a rolar geleira abaixo — aliás, direto para uma fenda.

— Pare, seu filho da puta! — berrou James. — Pare, seu merda!

O carneiro ainda estava vivo, estremecendo e chutando com as patas da frente, quando caiu centenas de metros até o fundo da fenda, irrecuperável até para os lobos, até para as águias.

— Puta que me pariu! — fez James.

Foi quando o carneiro ferido — o primeiro carneiro ferido — saiu mancando do lugar abaixo de nós e começou a correr, ou tentar correr, através da geleira. Estava cambaleando, morrendo, e víamos o sangue escorrendo entre suas patas dianteiras. Sem uma palavra, Boone agarrou a arma de James e saiu correndo através da geleira. Mesmo mortalmente ferido, o carneiro moveu-se mais depressa sobre o gelo do que Boone, mas segundos antes de o carneiro chegar diretamente acima dele, Boone fez pontaria e deu um tiro perfeito no coração do animal, que caiu morto instantaneamente.

Naturalmente tínhamos deixado nossas mochilas quilômetros atrás. Boone mandou-me buscá-las sozinha, eu agarrei a pequena pistola no bolso como se ela fosse me ajudar. Caminhei diretamente até as mochilas, em escuridão quase total, uma coisa que o próprio Boone não conseguiria fazer. Tinha aprendido a fazer marcas mentais cada vez que deixávamos a bagagem e a encontrar uma marca em qualquer horizonte circundante, de modo que até mesmo depois de escurecer o local pudesse ser localizado.

A temperatura tinha baixado 30 graus em 30 minutos; escavei a neve para resgatar meu casaco de plumas e vesti-o por cima da roupa molhada. Ia voltar para James e Boone.

Para encontrá-los, simplesmente segui o cheiro do carneiro morto. Estávamos os três sem lanternas e Boone resolveu que era tarde demais para estripá-lo.

— Vamos tirar os intestinos e voltar amanhã para pegar o resto — disse Boone. — Se os ursos não comerem, a carne não vai estragar.

— Foda-se a carne — disse James. — Vamos cortar os chifres do filho da puta e cair fora daqui.

Já estava totalmente escuro e James estava ficando nervoso por causa dos ursos. Tinha destrancado a trava de segurança da arma e a girava toda vez que um pedaço de gelo rolava abaixo.

— Isto é contra a lei — disse Boone. — Venha me ajudar a estripar esse bicho. — Virou-se para mim: — Você, fique por perto.

Mais tarde aprendi sobre a lei de desperdício irresponsável, que visava a proteger a natureza dos caçadores de troféus como James. Mais tarde descobri também a razão por que o carneiro cheirava tão mal. Ele morreu tão devagar que sua adrenalina teve muito tempo para se ativar; o primeiro tiro de James atingiu-o na barriga. Quando finalmente morreu, suas entranhas estavam corroídas pelo ácido estomacal.

Naquela noite, porém, o cheiro parecia simplesmente uma parte do pesadelo. Mesmo quando terminaram de estripar e nós todos começamos a descer cuidadosamente a geleira, o cheiro do carneiro exalava de Boone como se ele é que tivesse sido atingido na barriga. Pela primeira vez na nossa vida, não quis abraçá-lo. Em certo momento ele me impediu de escorregar segurando minha mão, minha luva ficou toda com aquele cheiro. Era pior que leite talhado, aquele cheiro, pior que mijo de gato, pior que qualquer coisa.

Andamos por mais de uma hora, pelas minhas marcas no horizonte eu via que tínhamos vencido pouco mais que um quilômetro.

— Isto é loucura — falei. Estava tão escuro que não conseguíamos enxergar o gelo sujo por onde caminhávamos. — Um de nós vai acabar dentro de uma fenda como aquele carneiro.

— Talvez fosse melhor pararmos por algumas horas — disse Boone. — Se nos sentarmos aqui por três ou quatro horas, vai começar a clarear.

— Acho que devíamos continuar andando — disse James.

Nenhuma das duas opções era boa. Já estávamos molhados, com frio e com cheiro de jantar de urso, tínhamos uma única arma de verdade e um caçador que não conseguia acertar um tiro a 30 metros. Mas estávamos vivos, inteiros e juntos, e cada passo cuidadoso que eu dava para dentro da escuridão fazia meu coração disparar.

— Vamos nos sentar até ficarmos com tanto frio que teremos que caminhar de novo — disse Boone.

Fizemos uma pilha, quase um em cima do outro. Abri três latas de sardinha.

— Perfeito — fez Boone. — O urso vai pensar que está comendo caça com frutos do mar.

Tudo bem durante a primeira meia hora. Ao pôr-do-sol havia uma nuvem leve, mas agora milhões de estrelas pontilhavam o céu sem lua. Boone, o mais magro, foi o primeiro a começar a tremer. Ficamos ainda mais agarrados.

As minhas fantasias eram simples. Um longo banho de chuveiro quente. Um prato de legumes. Uma cama com lençóis. TV. Pensei em minha mãe, na nossa última conversa por telefone via satélite, eu no Pólo Norte, no Alasca, quando assegurei que não havia perigo real, e ela me contou sobre um ator, Jimmy Stewart ou Paul Newman:

— Ele era um caçador fanático e agora é ambientalista. Deu uma reviravolta de 180 graus.

E fiquei ali, por cinco dólares o minuto, escutando eu mesma a lhe dizer que ecologia e caça não são opostos, escutando minha voz usar palavras como "manejo da caça", palavras como "colheita" e "controle de rebanho".

— É querer demais amar alguém — falei em voz alta.
— Aí vêm as luzes — disse Boone.

Enquanto ele falava, uma cortina translúcida verde começou a erguer-se no horizonte. Então a cortina dividiu-se e tornou-se uma onda, que se dividiu e tornou-se um dragão, depois uma deusa, depois uma onda. Logo o céu inteiro estava cheio de espíritos voando e rolando, tecendo-se e trançando-se pelo céu. As cores eram conhecidas, na maioria nuances de verde, mas o movimento era sobrenatural e de certa forma feminino; era diferente de qualquer coisa que já tinha visto. De repente fiquei aquecida de espanto. Apertei mais o corpo contra Boone.

De manhã bem cedo voltamos em busca do carneiro. Tirei um rolo de fotografias enquanto James e Boone abraçavam-se e apertavam-se as mãos por cima dele, enquanto agarravam os chifres e torciam de um lado para o outro a cabeça agora rígida e depois apertavam-se as mãos de novo. Estavam felizes como crianças de colégio e compreendi que o que tínhamos feito era mais para aquele momento do que qualquer outra coisa, aquele momento em que dois homens são livres para serem felizes juntos e se tocarem.

Na manhã seguinte, James voou de volta para Fairbanks, dando-nos o nosso primeiro dia juntos em mais de duas semanas. Tivemos que carregar mais 45 quilos de provisões até a cabana, para o caçador que já estava a caminho, e descer trazendo o lixo até a pista. Com os nove quilômetros de distância entre a cabana e a pista, seria um dia cheio, mas tinha esperanças de que houvesse tempo para um bom almoço quando chegássemos lá em cima, esperanças de que houvesse tempo para um pouco de sexo barulhento e bruto antes que tivéssemos que arrumar nossas mochilas e tornar a descer.

Em nossa subida até a cabana o sol apareceu, e quando chegamos lá fiz almoço e um par de coquetéis para Boone. Misturei o Tang e a água separadamente do rum, para que a bebida tivesse gosto de verdade. Acrescentei manteiga extra à refeição desidratada, um pouco de parmesão desidratado, alguns flocos de salsa seca.

Não me lembro como a briga começou, ou por que discordamos. Só me lembro do momento em que, como sempre fazíamos, saímos de nós e entramos nos papéis que usávamos para brigar.

— Passei o dia inteiro tentando tornar tudo agradável para você — disse, ouvindo o roteiro na minha cabeça, já sabendo o desfecho da cena.

— Que foi que você fez? Ferveu água? — ele perguntou.

E tinha razão, tudo que eu tinha feito era ferver água, e ainda podia haver uma maneira de salvar o dia, se não fosse por causa da salsa seca, do parmesão.

— Vá à merda — falei.

— Que foi que você disse?

— Vá se foder.

E então ele estava ali, na minha cara, as veias da testa saltando. Agarrou meu pescoço e torceu-o até uma posição pouco natural. Senti uma das lentes do óculos cair, senti alguma coisa beliscando entre minhas espáduas e gritei, tentando canalizar toda a dor na minha voz para que ele me soltasse — e funcionou. Mas então ele voltou para cima de mim, agarrou a gola da minha camisa e torceu.

— Se me machucar de novo vou lhe dar um tiro — falei.

Foi uma coisa meio ridícula de dizer, de muitas maneiras, não sendo a última delas o fato de que a pistola no meu bolso, aquela que Bill tinha me dado por pura pena, não mataria uma perdiz a não ser que o tiro atingisse o lugar correto. Lembrei-me de outra briga meses antes, quando eu disse que não atiraria num estuprador e Boone ficou furioso. Tentei decidir se o que estava acontecendo era de algum modo pior do que estupro e mesmo naquela hora sabia que Boone nunca me machucaria de verdade, e eu nunca o mataria de verdade, amando-o como o amava. Resolvi que tinha sido alguma coisa que eu tinha dito porque parecia ser a fala lógica naquele drama, mas aquilo deixou Boone mais furioso.

Ele arrancou o meu casaco e tirou a pistola do meu bolso. Derrubou-me no chão da cabana, e me levantou e me jogou porta afora. Meu joelho bateu na pedra que segurava a porta aberta. Ele jogou minha mochila em cima de mim e depois a minha sacola de roupas sujas. O vento que vinha da geleira levantou uma das camisetas, um par de calcinhas e espalhou tudo pela tundra, que — percebi — finalmente estava toda vermelha e dourada.

— Me dê a minha arma — falei, como se o problema fosse esse.

— Não vou dar — ele disse. — E não peça outra vez.

Embrutecido pela raiva, ele caminhou até o rio, deixando o rifle a poucos passos de mim. Fiquei de olhos fixos nele por um minuto e pensei na minha vida, até então não-violenta. Só matutos e malucos brigam com armas, pessoas nos bairros miseráveis, pessoas no noticiário da madrugada.

Mas eu estava fascinada por nós e nosso drama, e de certa maneira presa à seqüência lógica da cena. Peguei o rifle, levei-o para a cabana, escondi-o sob um colchonete de espuma na cama e sentei-me sobre ele.

— Onde está? — ele perguntou, minutos depois. — Você pegou?

Eu sabia que em sua raiva ele achava que podia ter perdido a arma. Andou com violência pela cabana e saiu.

— Onde está? — tornou a perguntar.

— Me dê a minha arma — falei.

Isto o descontrolou. Ele arrancou o rifle do meu corpo.

— Se tiver estragado a mira... — resmungou.

Esgueirei-me para o canto enquanto ele examinava a mira. Se tivesse saído um pouquinho do foco, mesmo que só na imaginação dele, eu estava numa grande encrenca. Desta vez tínhamos ido longe demais, e naquele instante não sabia se e como poderíamos um dia voltar.

— Não chegue perto de mim — falei.

— Ora, não fique nervosa — ele disse, de repente todo controlado e condescendente. — Contenha-se. — Deu um tapinha no meu joelho. — Fique calma agora — disse. — Respire fundo.

Foi então que minha bota moveu-se, parecia que por si só, minha sola reforçada atingiu a coxa dele, eu empurrei com toda força que tinha e joguei-o para trás. Ele cambaleou, atravessou a cabine e trombou na pilha de lenha e no fogão. Uma prateleira desabou sobre sua cabeça quando ele atingiu a parede. Tinha os olhos fixos no meu pé ainda no ar, espantada com sua força, espantada com o primeiro ato de violência da minha vida.

Boone já estava de pé, vindo em minha direção, e eu me limitei a me curvar toda e deixar que ele me jogasse para fora da porta de novo, deixei meu joelho fazer contato com a pedra. Juntei as roupas em volta de mim e puxei a mochila para cima das pernas para bloquear o vento.

Boone ficou lá dentro, gritando coisas que mal ouvia.

— Você está fora, muito mais do que pensa — ele disse, em certo momento.

Achei que deveria estar horrorizada comigo mesma, mas me sentia bem, animada, quase entusiasmada. Ele era mais forte, mas eu era forte. Tornei a olhar para a minha bota e flexionei o músculo da perna.

O discurso dele terminou com uma pergunta qualquer que não entendi, mas calculei que era retórica. Não consegui resistir e respondi alguma coisa sobre quem não sabe em que pé está o sapato, então dei uma risada tão alta e tão repentina que ele chegou à porta da cabana e me encarou.

Ia escurecer em algumas horas e eu imaginava que Boone não me deixaria entrar, portanto juntei minhas calcinhas e parti em direção à pista de aviação, onde tínhamos uma barraca armada. Sabia que não era uma hora boa para andar sozinha em terra de ursos, mas depois de duas longas semanas sem ao menos avistar um deles, o cinzento tornara-se um pouco como uma criatura na cabeça de todos.

Meu joelho inchado tinha quase o dobro do tamanho normal, mas enquanto prestasse atenção onde pisava e não deixasse o joelho dobrar-se demais, não sentia dor. Foi porque estava olhando para baixo, acho, caminhando com cuidado, que cheguei tão perto dos ursos antes de nos vermos uns aos outros.

Era uma fêmea com uns dois metros de altura e dois filhotes quase adultos. Estavam enterrados até os joelhos nas moitas de *blueberries*, rolando, comendo e brincando. Quando os vi, estavam a menos de 50 metros.

Fiquei paralisada e fiz menção de pegar a pequena pistola, mas lembrei-me de que Boone não a tinha devolvido. Dei um passo para trás e foi quando a mãe me viu. O sol estava se pondo e a luz do final de tarde brilhava em sua pelagem, que era castanha, longa e nevada nas pontas. A mãe ficou de pé nas patas traseiras, com todos os seus dois metros, e os filhotes também se levantaram e olharam em minha direção. Eu sabia que eles não conseguiam me farejar, que estavam tentando. A mãe jogou as orelhas para trás e pensei: "Lá vem ela", mas ela ergueu no ar uma pata gigantesca e girou-a na minha frente como um tapa. Então os três subiram correndo a montanha.

Boone e eu levamos mais três caçadores naquela temporada e conseguimos um carneiro para cada um. Todos os três caçadores deram tiros perfeitos, direto no coração. Todos os três carneiros tiveram morte instantânea, exatamente como Boone tinha dito.

Um dos nossos caçadores, um homem chamado Chuck, era bom e sincero. Ele abateu o carneiro com um arco e flecha a menos de 30 metros de distância, depois de uma caçada de dez horas que foi realmente artística. Chuck parecia ter um entendimento sem palavras com a natureza, e fiquei realmente quase feliz por ele quando o carneiro caiu, teria apertado a mão dele depois que ele e Boone terminaram de dar pulos abraçados, se quisesse apertar a minha mão.

Boone disse que me acostumaria a ver os cabritos morrer, e tenho que admitir — não sem um certo horror — que a terceira morte foi mais fácil do que a segunda, e a quarta foi ainda mais fácil.

Fiquei mais esbelta, mais resistente, mais forte e mais rápida, transformando o meu corpo numa espécie de máquina da qual não conseguia deixar de me orgulhar, mesmo que esse nunca tivesse sido o meu objetivo.

Boone e eu paramos de brigar depois do dia em que caminhamos até a cabana, mas também paramos de conversar; o que nos sobrou era caçar e fazer amor. Eu sabia que assim que a temporada terminasse, tudo estaria acabado entre nós, de modo que passava cada dia caminhando atrás dele, medindo o tempo pela quantidade e não pela qualidade. Era como estar na cabeceira de um amigo agonizante.

As noites ficaram cada vez mais longas e passamos muitas delas presos fora e longe da cabana. Mas as nuvens eram sempre espessas e baixas, mesmo nas noites em que fiz um grande esforço para ficar acordada, a aurora boreal nunca mais apareceu.

Era final de setembro quando terminamos. A linha de neve estava abaixo dos 1.200 metros e todas as noites a temperatura ia a bem abaixo de zero; estávamos havia três dias acampados na pista esperando o avião. Os últimos caçadores tinham partido dias antes. Boone e eu tínhamos fechado a cabana em silêncio, como animais preparando-se para o inverno.

Fazia horas, talvez dias, que não nos falávamos, de modo que o som da voz de Boone na escuridão, saindo de algum lugar no fundo do saco de dormir, me assustou.

— Sabe, nenhum daqueles carneiros tinha um grama de gordura no corpo — disse. — Nenhum deles teria durado todo o inverno.

— Bom, já é alguma coisa — respondi.

— Faço isto há anos — ele disse.

No princípio achei que ia dizer "mas ainda não é fácil ver um animal morrer", porém ele não disse.

— Você realmente agüentou tudo — ele disse.

— É, agüentei.

— Mas isso fez você parar de me amar — continuou. — Mesmo assim.

Em algum lugar da montanha, os lobos tinham começado a uivar e a berrar. Não havia contado a Boone sobre a noite em que vi os ursos, mas aquela cena não tinha me abandonado; não conseguia tirá-la da cabeça. Era a força do gesto da mãe ursa, acho, a força e a ambivalência. Porque o aceno daquela pata era ao mesmo tempo assustador e convidativo. Porque mesmo sabendo que ela estava me mostrando sua raiva, sabia também que em algum lugar naquele gesto estava me convidando para ir junto.

Meu Fraco São Cowboys

Tenho na cabeça a imagem de uma fazendinha na borda de um bosque de pinheiros com alguns cavalos no quintal. Uma mulher está parada à porta, de *short* feito de uma calça cortada e camisa de sarja azul. Ela acabou de dar um beijo de despedida no marido alto, barbudo e de voz macia. Há roupas no varal e o sol matinal filtra-se através dos galhos das árvores como teias de aranha. É a manhã seguinte à lua cheia, e atrás da casa os cervos comeram tudo que restava no jardim.

Se eu fosse pintora, pintaria esse quadro só para ver se a garota à porta seria eu. Já faz 10 anos que estou no Oeste, tempo suficiente para me sentir em casa, para saber que ficarei aqui para sempre, mas ainda não sei onde fica essa fazendinha. E mesmo que já tenha tido um monte de homens aqui, alguns altos e quase todos barbudos, ainda não encontrei o homem que acaba de sair dessa pintura, que acaba de ligar a caminhonete cujos pneus deixaram marcas que ainda consigo ver no chão arenoso da estrada.

O Oeste ainda não é um lugar que se entrega com facilidade. Os recém-chegados precisam introduzir-se nele devagar, descer através das suas camadas, e eu ainda estou descendo. Como a maioria das pessoas do Leste, comecei nas zonas de transição — as cidades grandes e as estações de esqui que pessoas de fora montaram para seu próprio conforto, lugares tantas vezes chamados de "o melhor de ambos os mundos". Mas eu estava destinada a fazer o caminho de volta, através da terra, para as cidades pequenas e além delas. Essa é metade da razão por que acabei numa fazenda perto de Grass Range, em Montana; a outra metade é o Homer.

Sempre tive um fraco por *cowboys*, talvez por ter nascido em Nova Jersey. Mas hoje em dia é difícil de encontrar um *cowboy* de verdade, mesmo no Oeste. Em várias ocasiões, pensei que tinha encontrado, certa vez cheguei até a pensar que Homer era um *cowboy*, e embora o amasse loucamente durante algum tempo e de certa forma sempre amarei, em determinado momento tive que enfrentar o fato de que embora Homer parecesse um *cowboy*, era apenas um capitalista com sotaque texano que possuía um cavalo.

Homer é um especialista em animais selvagens, encarregado do projeto de manejo dos cervos de cauda branca na fazenda. Todos os anos ele vai para lá observar os cervos, do início da temporada de acasalamento no final de outubro até o clímax em meados de novembro. É quando os cervos são mais visíveis, quando os machos ficam tão excitados que perdem a cautela natural, quando as fêmeas correm sem destino no meio do dia com as caudas brancas erguidas. Quando Homer me convenceu a vir com ele, disse que eu ia adorar a fazenda, e adorei. Ficava a quase 100 quilômetros da estrada asfaltada mais próxima. Todas as construções eram simples e caiadas de branco. Uma delas tinha sido encomendada num catálogo da Sears de 1916. Os empregados ainda usavam cavalos como meio de transporte, e quando a luz do final da tarde varria os campos de cereal em frente à sede da fazenda, observava-os a conduzir o gado em fileiras, como ondas. Havia na fazenda uma paz misteriosa e podia ter sido completa se não fossem os oito ou nove gatos famintos que viviam no celeiro e subiam pelas pernas de quem tivesse o mínimo cheiro de comida, além das galinhas exóticas e de quase todas as cores que brigavam o dia inteiro no galinheiro.

Durante os últimos seis anos Homer foi à fazenda todos os anos, há uma longa história de confusões que ele apronta por lá. O pessoal da fazenda vê Homer sentado na encosta do morro e o odeia pelo dinheiro que ganha. Dormiu com uma ou duas esposas e namoradas deles. Falou-se até que foi ele o motivo do divórcio do dono da fazenda.

Quando me chamou para ir, sabia que seria eu ou alguém mais, já tinha ouvido elogios a respeito de Montana, então fui. Houve um tempo em que tinha certeza de que Homer era o homem do meu quadro e teria vendido a alma para ser esposa dele, ou até mesmo só namorada. Na primavera, cheguei perto de perder a cabeça por causa disso, mas finalmente aprendi que Homer sempre seria distante, até mesmo de si próprio, e quando chegamos a Montana já estava quase imune a ele.

Durante a maior parte do ano, Homer e eu moramos em Fort Collins, no Colorado, em casas que ficam exatamente a um quilômetro e meio uma da outra. Ele com freqüência está fora da cidade, monitorando 15 bandos de cervos de cauda branca em todo o Oeste. Acompanho-o quando permite, o que ultimamente tem sido cada vez mais freqüente. Os bandos que Homer estuda são isolados geograficamente, recebem muito alimento nos invernos ruins e são protegidos de caçadores e lobos. Homer está trabalhando em reprodução e genética, tentando criar em liberdade supermachos maiores e mais fortes que um alce. O bando de Montana tem sido o seu maior sucesso, e ele passa ali a longa temporada de acasalamento. Sob seus cuidados, os machos têm mostrado um aumento crescente em massa dos chifres, peso corporal e fertilidade.

Os outros cientistas da universidade que financia Homer o respeitam, não apenas pelo seu sucesso com os cervos, mas pelo envolvimento com a observação, a dedicação incansável às horas de trabalho de campo. Também o acham excêntrico e um pouco exagerado em seu zelo.

A princípio pensei que ele simplesmente gostasse de viver ao ar livre, mas quando chegamos à fazenda, a sua obsessão com os cervos deixou-o mais estranho ainda. Passava fora o dia inteiro, de antes da aurora até muito depois de escurecer. Só usava roupas de camuflagem, até mesmo luvas e meias, e sentava-se nas encostas acima de onde os cervos pastavam, para ficar observando e anotando coisas, algumas vezes por horas, mudando de posição mais ou menos de hora em hora. Se fosse com ele, só podia me mover quando ele o fizesse — e falar jamais. Tentava guardar para mais tarde as coisas que pensava durante o dia, mas quando estávamos de volta à cabana elas pareciam sem importância e Homer gostava de jantar vendo TV. Quando terminávamos de lavar a louça, já tinha passado em muito a hora de Homer ir dormir. Fazíamos amor cada vez menos, e quando fazíamos, era sempre por trás.

O nome do dono da fazenda era David. Não era o que a gente imagina que seja o dono de uma fazenda em Montana. Era poeta e vegetariano. Escutava Andreas Vollenweider e tomava bebidas quentes com nomes feito Suma e Chuva Matinal. Não deixava os empregados usarem pesticidas ou produtos químicos e não os contratava se fossem fumantes. Diminuiu em 50% a área de pasto da fazenda, de modo que quase em toda parte os cereais orgânicos chegavam à altura da barriga de um cavalo.

David tinha umas idéias sobre recriar, em seus 40 mil acres, as Grandes Planícies como os índios e os primeiros colonizadores as conheceram. Não estava ganhando muito dinheiro com a pecuária, mas estava criando o gado Black Angus mais gordo, saudável e orgânico da América do Norte. Ele era sensível, ponderado e bondoso. Era o tipo de homem por quem eu sempre sabia que devia me apaixonar, mas nunca me apaixonava.

Homer e David jantavam juntos uma vez por semana, e eu sempre me oferecia para fazer o jantar. Homer era sempre educado, com uma conversa leve e fluente, e risadas demasiadamente prontas. David ficava tão quieto, mal-humorado e reprimido que era quase irreconhecível.

As diferenças irreconciliáveis entre mim e Homer tinham começado a revelar-se, uma de cada vez, desde o final do verão. No início de novembro, perguntei-lhe o que queria fazer no Dia de Ação de Graças e disse que o que mais gostaria era de ficar na fazenda e observar as cervas no cio.

Homer era contratado para trabalhar na fazenda somente até o domingo antes do Dia de Ação de Graças. Quando me pediu para ir com ele, disse que voltaríamos da fazenda com bastante tempo para passarmos o feriado em casa.

Era filha única de minha família que nunca teve muitas comemorações, porque meus pais nunca conseguiam planejar alguma coisa. Eram adoradores do sol e sempre passávamos o Dia de Ação de Graças num avião indo para Porto Rico, todos os dias de Natal num carro na Rodovia 95 indo para a Flórida. O que mais me lembro daqueles dias são os shows de Natal de Casey Kasem, as músicas dedicadas pelo rádio, "I'll be home for Christmas" de Bobby B. Spokane para Linda S. em Decatur. Nunca tínhamos reserva de hotel e os lugares onde íamos parar não tinham telefone e tinham forros plásticos no colchão e fechaduras triplas nas portas. Uma vez passamos a noite de Natal estacionados debaixo da lâmpada fluorescente de um poste de rua, dormindo no carro.

Passei a maior parte dos feriados da minha vida adulta tentando compensar aquelas viagens de carro. Gasto dinheiro a rodo em enfeites pintados à mão. Sempre faço um assado quase cinco quilos maior do que poderíamos comer. Homer acha que meu entusiasmo por essas festas é infantil e egocêntrico. Para me provar isso, no último Natal colocou o despertador para as seis e meia da manhã e voltou para casa a fim de pintar uma porta. Este ano queria o feriado de Ação de Graças na minha própria casa. Queria assar um peru que comeríamos durante muitas semanas.

Perguntei:

— Homer, você já está observando os cervos há cinco semanas. Que mais acha que eles vão fazer?

— Você não entende nada do assunto — ele respondeu. — O Dia de Ação de Graças é a fase de ouro. — Sacudiu um dedo no ar. — O Dia de Ação de Graças é o apogeu do cio!

David e eu tomávamos chá juntos e todos os dias caminhávamos até o fundo do desfiladeiro atrás da sede da fazenda. Ele falava sobre a ex-esposa, Carmen, sobre as flores vermelhas que em junho cobriam as paredes do desfiladeiro, sobre mentalizar a extinção das armas nucleares. Falou sobre a mulher com quem Homer dormia na fazenda no ano anterior, quando eu estava no Colorado contando os dias para a volta dele. Era a mulher que cuidava das galinhas. David disse que quando Homer foi embora da fazenda ela escreveu cem canções de amor e fez David ouvi-la cantar todas elas.

— Ela mandou uma fita para o Homer — David contou. — E como ele não telefonou nem escreveu, ficou meio pirada. Finalmente eu a mandei embora da fazenda. Não sou médico e aqui estamos bem longe de tudo.

Do alto do desfiladeiro víamos a figura de Homer mesclando-se às árvores na crista acima do jardim, onde os cervos comiam centenas de quilos de batatas orgânicas.

— Eu compreendo, se ele não estava mais interessado — disse David. — Mas não posso acreditar que nem mesmo ele pudesse ignorar um gesto tão imenso.

Observamos Homer rastejar ao longo da crista, de uma árvore até outra. Eu mal podia distinguir seus movimentos daqueles que o vento criava no capim alto. Nenhum dos cervos abaixo dele chegou a virar a cabeça.

— Que é que há com ele? — David perguntou.

Sabia que estava procurando uma explicação sobre a Carmen, mas eu nunca a tinha visto e não queria falar sobre mim mesma.

— Homer está sempre usando camuflagem — respondi. — Mesmo quando não está.

O vento parou de repente e da casa ouvimos o ruído dos gatos brigando, o grito frenético de uma galinha e novamente os gatos.

David rodeou meus ombros com o braço e disse:

— Somos pessoas tão boas, por que não somos felizes?

Um dia, quando voltei do meu passeio com David, Homer estava na cabana no meio do dia. Usava roupas normais e tinha tomado banho e feito a barba. Levou-me para o quarto e montou em cima de mim de frente, como fazia quando nos conhecemos e eu ainda nem sabia como ele ganhava a vida.

Depois ele disse:

— Não precisávamos de camisinha, precisávamos?

Calculei os dias para a frente, para trás e de novo para a frente. Homer sempre cuidava do controle de natalidade, das compras no armazém, da gasolina no carro e de todas as outras coisas que eu não conseguia guardar na cabeça. De qualquer maneira, parecia que faltavam exatamente dez dias para a minha próxima menstruação.

— É, acho que precisávamos.

Homer nunca tinha feito uma coisa impensada na vida, e por um momento permiti-me entreter a possibilidade de que aquele lapso significasse que em algum lugar no fundo do coração ele queria ter um filho comigo, que realmente queria uma família, amor, segurança e as coisas que antes de conhecer Homer eu achava que todo o mundo queria. Por outro lado, sabia que uma das manias que me criavam problemas com Homer, e com outros homens antes dele, era a de inventar pensamentos que eles nunca tiveram.

— Bem, neste caso é melhor voltarmos para o Colorado antes que mudem as leis do aborto — ele respondeu.

Às vezes, os momentos mais significativos da nossa vida revelam-se para nós enquanto estão acontecendo, e naquele momento eu soube que nunca mais amaria Homer do mesmo jeito. Não era tanto porque seis meses antes, quando eu perguntei a Homer o que faríamos se ficasse grávida, ele tinha dito que nos casaríamos e criaríamos uma família. Nem era porque eu tinha certeza de querer um filho. Nem mesmo por pensar que ia haver um filho para querer.

Tudo remontava à garota na cabana de madeira e ao modo como o homem de voz macia reagiria se ela pensasse que ia ter um filho. Seria inverno agora, nevava do outro lado das janelas aquecidas pela luz amarela. Ele podia dançar com o cão pastor no chão da sala, podia cantar o tema de *Papai sabe tudo*, podia sair e dar um mergulho de cabeça na neve.

Já estive em muitas escolas e li um monte de livros grossos, mas no íntimo do meu ser existe uma mentalidade feita-especialmente-para-a-TV, da qual acho que nunca vou me livrar. E embora tenha muitas dúvidas se um final simples e feliz como o que desejo ainda é possível neste mundo, naquela tarde vi claramente que com Homer não seria possível.

Às cinco horas da manhã seguinte foi que vi pela primeira vez o verdadeiro *cowboy*. Ele estava sentado na cozinha comendo cereais, e eu, não conseguindo me obrigar a adormecer ao lado de Homer, tinha passado a noite inteira andando sem rumo.

Ele era alto, magro e barbudo. Seu chapéu era branco e puído, seu relho dava para ver que tinha sido feito em volta de uma fogueira depois de muitos goles de Jack Daniel's. Eu tinha passado doze horas com os dedos enfiados nos cabelos, meu rosto estava marcado por tensão demais e sono de menos, me sentia tão medonha que não o cumprimentei. Enchi um copo com suco de laranja, bebi, lavei o copo e coloquei-o no escorredor de louça. Olhei mais uma vez para o *cowboy*, saí pela porta e fui procurar Homer no campo.

A caminhonete dele estava estacionada numa vala na estrada de South Fork, o que significava que estava acompanhando a borda do matagal abaixo dos rochedos de onde os búfalos pés-pretos saltavam. Lá embaixo era um cemitério, o lugar onde centenas de búfalos, perseguidos pelos índios, pulavam num abismo de 150 metros, um solo extremamente fértil. O capim era mais espesso e mais doce do que em qualquer outro lugar da fazenda, e Homer dizia que os cervos sugavam o cálcio dos ossos dos búfalos. Vi Homer agachado na borda de uma campina, aonde não conseguiria chegar sem ser vista, de modo que voltei e adormeci na cama da caminhonete.

Estávamos na temporada de caça, e mais tarde, na mesma manhã, Homer e eu encontramos um cervo na beira da estrada, que tinha sido abatido e largado ali. O caçador clandestino deve ter visto os faróis ou ouvido o motor da caminhonete e ficara com medo.

Levantei a traseira do animal para dentro da caminhonete enquanto Homer o pegava pelos chifres. Era um macho jovem, de dois anos e meio no máximo, mas em alguns anos poderia ter virado um monstro, e eu sabia que Homer estava muito abalado com a perda.

Levamos o animal para o centro de desempenho, onde são pesados os bezerros orgânicos. Homer prendeu um gancho de carne nos chifres do cervo e ergueu-o no ar acima da caminhonete.

— Tente impedir que ele balance — pediu.

Fiz o possível, considerando-se que não tinha altura suficiente para segurar bem e o sangue do bicho estava borbulhando pelo buraco da bala e pingando em mim.

Foi quando o vaqueiro alto, aquele de cedo, saiu do curral atrás de mim, me deu uma boa olhada enquanto tentava prender o traseiro de um cervo morto e recostou-se na cerca do outro lado do caminho. Afastei-me um passo do cervo e afastei os cabelos dos olhos. Ele levantou um dedo para me chamar. Caminhei devagar e não me virei para olhar para Homer.

— Belo macho — disse. — Vocês atiraram nele?

— É um filhote — respondi. — E não atiro em animais. Um caçador clandestino fez isso ontem à noite.

— Quem era esse caçador? — ele perguntou, inclinando o chapéu por cima do meu ombro na direção de Homer.

— Está enganado — falei. — Você pode dizer o que quiser dele, mas ele jamais mataria um cervo.

— Meu nome é Montrose T. Coty — disse ele. — Todo o mundo me chama de Monte.

Apertamos as mãos.

— Todo o mundo chama você de namorada do Homer, mas aposto que seu nome não é esse.

— Tem razão, não é mesmo.

Virei-me para olhar para Homer. Ele estava tirando medidas do cervo pendurado: comprimento dos chifres, comprimento do corpo, largura da cintura.

— Esta noite vai ter o Baile dos Criadores de Gado, em Grass Range — disse Monte. — Achei que você poderia querer ir comigo.

Homer estava olhando dentro dos olhos endurecidos do cervo. Tinha aberto a boca do animal e estava puxando a língua dele para fora.

— Tenho que fazer jantar para Homer e David — falei. — Lamento muito. Parece que vai ser bom.

No carro, voltando para a cabana, Homer disse:
— E afinal, o que era aquilo?
— Nada — respondi. Depois contei: — O Monte me convidou para ir ao Baile dos Criadores de Gado.
— Baile dos Criadores de Gado? — ele repetiu. — Parece ótimo. Que é que os criadores de gado fazem durante o baile? Dançam?

Eu quase ri com ele — até me lembrar que adorava dançar. Tinha passado tanto tempo perseguindo caudas brancas com Homer que me esqueci que dançar, como os feriados, era uma coisa que adorava. E então comecei a me perguntar o que mais o fato de estar com Homer me fizera esquecer. Antes não passava dias inteiros ouvindo música? Não houve um tempo em que o que mais queria era comprar um veleiro? E não adorava poder sair de casa e andar por onde quisesse e fazer, se quisesse, qualquer tipo de barulho?

Queria culpar Homer, mas entendi que a culpa era mais minha do que dele. Porque mesmo que nunca tivesse tirado da cabeça a mulher com a camisa de sarja, nos últimos anos tinha deixado que ela virasse alguém diferente, e ela não estava mais morando no meu quadro. Vi que o quadro onde ela estava morando pertencia a outra pessoa.

— Então o que foi que você disse a ele? — Homer perguntou.
— Disse que ia ver se você podia fazer o jantar — respondi.

Tentei conversar com Homer antes de sair. Primeiro lhe disse que não era um encontro de verdade, que nem conhecia Monte, e realmente só estava indo porque não sabia se algum dia teria outra oportunidade de ir a um Baile dos Criadores de Gado. Como ele não respondeu, fui adiante e disse que talvez fosse uma boa idéia começar a conhecer mais pessoas. Que talvez a gente o tempo todo tivesse duas idéias, que precisávamos encontrar outras duas pessoas que pudessem melhor satisfazer nossas necessidades. Disse que se ele tivesse alguma opinião, gostaria que as expressasse. Ele pensou durante alguns minutos e depois disse:

— Bom, acho que a culpa de todos os nossos problemas no Panamá é do Jimmy Carter.

Passei o resto do dia me preparando para o Baile dos Criadores de Gado. Tudo que tinha trazido comigo eram umas roupas camufladas do Homer e jeans, de modo que acabei pegando emprestada uma saia que a ex-mulher de David tinha deixado para trás, uns sapatos de festa da mulher do galinheiro que tinham aparência ridícula e deixavam meus pés enormes, e um colete do avô de David, que ele estava usando quando levou um tiro dos índios das planícies.

Monte tinha que ir cedo à cidade para pegar as provisões da fazenda, de modo que fui com um casal amigo dele, Buck e Dawn, que passaram a viagem toda me falando de Monte, que grande sujeito ele era, tinha deixado o circuito de rodeios para ter uma vida decente para si e a esposa, e ela tinha ido embora sem se despedir havia menos de seis meses.

Contaram-me que ele tinha ganho dois mil dólares numa tarde, fazendo um comercial para a Wrangler. Num dia de folga, tinha ido à lavanderia automática; o diretor o viu pela janela, entrou e disse: "Ei, *cowboy*, tem uma hora? Quer ganhar duas mil pratas?"

— O velho Monte... Esse é dos bons — arrematou Buck.

Depois de uma hora e meia de solavancos na estrada, paramos no salão de baile, bem no limite da cidade. Eu tinha pensado se usava o chapéu de *cowboy* que tinha comprado especialmente para a viagem a Montana e dei graças a Deus por ter desistido. Lá dentro ficou óbvio que só os homens usavam chapéus, e só chapéus de festa. As mulheres usavam meias e salto alto, e quase todas tinham os cabelos penteados para trás em grandes cachos.

Encontramos Monte numa mesa de canto. A primeira coisa que fez foi me dar um ramalhete de lapela, quase todo de rosas cor-de-rosa que não poderiam destoar mais da minha blusa cor de ferrugem. Dawn prendeu-a ao meu vestido e eu enrubesci, imagino, por causa do meu primeiro ramalhete em dez anos, e uma velhinha de saltos agulha inclinou-se para mim e disse: "Alguém te ama!", em voz suficientemente alta para Monte, Buck e Dawn ouvirem.

Durante o jantar passaram um filme sobre um rodeio. Depois do jantar, um casal jovem e entusiasmado dançou e cantou durante mais de uma hora sobre gado, a vida na fazenda e o Grande Céu, uma expressão que desde que chegara a Montana estava eternamente na ponta da língua de todos.

Depois do jantar começou o baile e Monte me perguntou se eu sabia dançar o *two-step*, uma dança típica de Montana. Ele era uns 30 centímetros mais alto que eu e o chapéu lhe dava mais uns bons centímetros. Quando chegamos à pista de dança, meus olhos ficavam diretamente em frente ao lugar onde o lenço de seda dele desaparecia dentro dos botões da camisa. Tinha mãos enormes, estranhamente leves em mim, e meus pés iam na direção correta, embora minha mente não conseguisse recordar os passos simples do *two-step*.

— É isso aí — ele disse para o repartido do meu cabelo. — Não pense, deixe seu corpo se mover comigo.

E saímos nos movendo juntos, fazendo círculos que ficavam mais apertados cada vez que completávamos uma volta na pista de dança. A música ficou mais rápida e o nosso movimento também, até que não havia tempo para qualquer outra coisa além de levantar e baixar os pés, as cores rodopiantes da saia de Carmen, respiração, suor e ritmo.

Eu estava mais dentro do Oeste do que jamais imaginara. Naquele sincronismo estranho e quase sem falhas na pista de dança, entendi que poderia ser uma fazendeira de Montana e que poderia fazer de Monte o meu homem. Tinha levado dez anos, e uma incrível seqüência de acidentes, mas naquela noite pensei que finalmente tinha chegado aonde pretendia chegar.

A banda tocou até as duas horas e dançamos até as três ao som da vitrola automática. Depois só restava entrar no carro e começar a viagem de duas horas para casa.

No princípio conversamos sobre os nossos cavalos. Era a escolha lógica, a única coisa que realmente tínhamos em comum, mas só durou 20 minutos.

Tentei saber a opinião dele sobre música e velejar, mas, como um típico vaqueiro, ele era educado demais para eu ter certeza de alguma coisa.

Depois conversamos sobre o buraco do tiro dos índios no meu colete, estava contando com isso, tinha sido metade da razão para tê-lo usado.

No resto do tempo, simplesmente olhamos para as estrelas.

Eu tinha passado boa parte da noite preocupada com o que ia dizer quando Monte me pedisse para ir para a cama com ele. Quando estacionou entre as nossas duas cabanas, me olhou de lado e disse:

— Eu adoraria lhe dar um beijão, mas estou com a boca cheia de tabaco.

Antes de passar pela cozinha, já ouvia Homer roncando.

Em parte por não gostar do jeito como Monte e Homer se olhavam, mas principalmente porque não conseguiria passar o Dia de Ação de Graças observando cervas no cio, pus minhas coisas na caminhonete e me aprontei para voltar para o Colorado.

Na manhã em que fui embora, Homer me disse que tinha concluído afinal que a mulher com quem queria passar o resto da vida era eu e que planejava ir à cidade e comprar uma aliança assim que o acasalamento terminasse.

Ele foi muito bonzinho na minha última manhã na fazenda, generoso e atento como nunca tinha visto. Preparou para mim uma merenda de salada de galinha que ele mesmo tinha feito, foi até o meu carro e limpou a camada de neve que tinha caído no nosso primeiro encontro com o inverno, durante a noite. Disse-me para telefonar quando chegasse a Fort Collins, disse até para telefonar a cobrar, mas imagino que um dos grandes truques da vida é nos dar exatamente a coisa que queremos, mas quinze dias depois de pararmos de querer, e eu não conseguia levar Homer a sério mesmo quando tentava.

Quando disse adeus a David, ele me abraçou com força, disse que eu era bem-vinda na fazenda a qualquer hora. Disse que tinha gostado da minha companhia e das minhas opiniões. Então disse que gostava do meu perfume, e eu me perguntei de onde veio o meu gosto em matéria de homens e quem me ensinou a ser tão idiota quando se trata de homens.

Sabia que Monte estava trabalhando no campo, de modo que deixei um bilhete no carro dele agradecendo mais uma vez pelo baile e dizendo que um dia eu voltaria e poderíamos dançar novamente. Botei meu chapéu, que Monte nunca chegou a ver, e parti.

Era o meio do dia, mas vi sete machos nos primeiros sete quilômetros, um par deles gigantescos, e quando diminuí a velocidade eles ficaram parados, olhando para a caminhonete. Era o clímax do cio e Homer tinha dito que ficavam assim, loucos de excitação e destemidos como ursos.

Pouco mais de um quilômetro antes do limite da fazenda, avistei uma coisa que parecia um antílope solitário correndo no horizonte, mas os antílopes quase nunca estão sozinhos, então parei o carro para observar. Quando a figura chegou mais perto, vi que era um grande cavalo castanho em pleno galope, com um cavaleiro, e vinha direto para o carro.

Poderia ser qualquer um dos 50 vaqueiros que trabalhavam no rancho, mas aprendi a esperar mais da vida, portanto no meu coração sabia que era Monte. Saí do carro e esperei, feliz principalmente porque ele ia ver o meu chapéu, curiosa sobre o que ia dizer quando contasse que estava indo embora.

Não desmontou do cavalo, que estava suado e tremendo tanto que achei que ia morrer enquanto a gente conversava.

— Está de viagem?

Sorri e assenti. Suas perneiras de couro estavam encharcadas de suor e as luvas eram esbranquiçadas pelo uso.

— Vai me escrever uma carta? — perguntou.

— Claro — respondi.

— Acha que vai voltar um dia?

— Se eu voltar, você me leva para dançar?

— Pode ter certeza! — ele disse, e por seu rosto espalhou-se um sorriso que parecia o sorriso que eu tinha passado a vida inteira esperando.

— Então vou voltar logo — respondi.

Piscou e tocou as esporas de leve no cavalo, que deu um pequeno salto ao partir e logo só havia poeira no ar enquanto o capim alto engolia as pernas do animal. Fiquei encostada na porta da caminhonete, contemplando o meu primeiro vaqueiro cavalgando na direção do sol que já estava baixo no céu, e o capim brilhando como nada que tinha visto nas montanhas. E durante um minuto pensei que estávamos vivendo dentro do meu quadro, mas ele estava se afastando depressa demais para eu ter certeza. Perguntei-me então por que sempre tinha imaginado a caminhonete do meu vaqueiro quando ele partia. Perguntei-me por que não tinha virado a caminhonete e pintado o meu vaqueiro chegando em casa.

Há uma história a meu respeito — que não é verdadeira — que costumo contar quando conheço alguém, sobre o dia em que montei num touro mecânico num bar. Na história, agüento durante os oito primeiros níveis de dificuldade, sendo jogada no chão no nível nove, depois de ter deslocado o polegar e ganho para o meu namorado, que tinha apostado em mim, uma boa quantia de dinheiro. Era uma coisa que tinha contado num bar certa noite, gostei de como soava, de modo que sempre a contava. Já a conto há tantos anos, e com tantos detalhes, que se tornou uma recordação, e é difícil me lembrar que não é verdade. Consigo sentir o cheiro da fumaça e dos carpetes encharcados de cerveja e ouvir os gritos de incentivo de todos os homens. Vejo as luzes do bar tremeluzindo e girando, sinto o aço frio do novilho entre as minhas coxas, a sela pintada batendo no meu cóccix, a surpresa e a dor quando o meu polegar se dobra demais e me solto. É uma boa história, uma história que prende a atenção dos ouvintes, e embora me considere quase patologicamente honesta, por um motivo qualquer me permito esta pequena mentira.

E contemplando Monte cavalgando entre o mato alto, pensei no modo como nos inventamos através das nossas histórias e, de um modo parecido, como as histórias que contamos colocam muralhas ao redor da nossa vida. E penso que isso pode ser verdadeiro em relação aos *cowboys*. No fundo não existe muita verdade quando digo que meu fraco são *cowboys*, talvez, depois de tanto tempo, seja uma coisa que aprendi a dizer.

Sentia as batidas dos cascos no chão muito depois de a camisa branca e o chapéu puído de Monte terem se fundido com o sol. Quando não conseguia mais sequer fingir que as sentia, entrei no carro e me dirigi para a rodovia. Escutei música *country* durante todo o caminho até Cody, no Wyoming. Nas canções, os homens ou eram brutos ou inexpressivos, e sempre se arrependiam depois. As mulheres eram vítimas, todas elas. Comecei a pensar em voltar à fazenda para visitar Monte, em outra noite dançando, em outra noite querendo o amor impossível de uma canção *country*, e pensei:

Este não é o meu final feliz.

Esta não é a minha história.

Jackson É Só um dos Meus Cachorros

Tenho um cachorro chamado Jackson, que entre os quatro e os cinco anos (anos de gente), teve tendências suicidas. Num período de menos de doze meses, saltou de uma caminhonete em alta velocidade, comeu um saco de seis quilos de fertilizante químico e jogou-se entre as mandíbulas de um cão de caça de quase 70 quilos. De modo parecido, quando fiz 28 anos, comecei a sair com um homem cuja canção favorita era "Desperado".

Era um homem que no fundo gostava do ar livre, mas ganhava a vida reformando casas antigas com uma paixão que era anormal, e nunca desperdiçada em mim. A pele dele era tão esticada sobre os músculos que às vezes pensava que as pernas iam explodir. Ele era inteligente e egoísta, e mentia por omissão. Eu era viciada nele como se fosse um xarope para tosse e não respeitava a sua mente.

Minha amiga Debra disse:

— Ele não é inteiramente má pessoa. Só não tem imaginação e naturalmente isso o deixou um pouco cruel.

Durante dois anos inteiros dancei em volta do meu namorado como um pião, como a palha do trigo, como a luz. Arranquei o linóleo de todos os seus assoalhos de madeira. Aprendi a andar na neve, a pescar e a boxear. Ele apalpava a truta rosada que eu pescava, deslizava a mão sobre o grão da madeira, olhava através de mim para uma janela que precisava de pintura e através dela para uma campina, uma montanha, um esporte qualquer que ele ainda não tinha experimentado.

Contei a Debra sobre a paixão, as horas na cama, o melhor (eu realmente disse isto) sexo que já tinha feito, e enquanto dizia estas palavras acreditava que fossem verdade. Não contei a ela sobre a ocasião em que se levantou da cama enquanto ainda estávamos nas preliminares, e o encontrei, 20 minutos depois, nu, tapando os vazamentos da banheira. Não contei a ela que em todas as vezes em que esteve dentro de mim, jamais me olhou nos olhos.

Jackson é só um dos meus cachorros. O outro, o cachorro bom, uma cadela cujo nome é Hailey, passou pelo início da idade adulta sem qualquer mudança de personalidade discernível. Hailey é matronal e de pêlo malhado, com o traseiro levemente fora de alinhamento. Jackson é peludo e louro, todo orelhas e fiapos.

Enquanto Jackson é flagrantemente um ser humano aprisionado num corpo de cachorro (um dia perdeu o juízo e enterrou um osso no quintal, e não fiquei mais envergonhada por ele do que ele mesmo ficou), Hailey sabe o que é e tem orgulho disto. O que ela gosta de fazer, mais do que qualquer outra coisa, é rolar na terra com a barriga molhada. Jackson é atlético, gracioso, atrevido e cheio de presunção, ao passo que Hailey é lenta, gordinha e delicada até os ossos.

Jackson tem também neurose de caminhonetes. Sua vida inteira girou em torno de não deixar que a caminhonete que dirijo saia sem ele. Quando está em casa, mantém um olho na entrada de carros, e quando estamos na estrada, nunca preciso dizer para ele ficar quieto. É onde gosta de comer e beber, onde quer passar suas tardes; é o único lugar onde se permite dormir profundamente. Às vezes, quando estamos acampando a 50 quilômetros de qualquer lugar, digo: "Entre na caminhonete, Jackson", só para brincar com a cabeça dele.

Quando fiz 28 anos já tinha quebrado cinco grandes ossos do corpo. O único membro que ainda é reto é o meu braço direito.

As pessoas perguntam: "Seus ossos são especialmente quebradiços?" e "Você bebia bastante leite quando era criança?". Mas é o meu estilo de vida, os esportes que me empurro para fazer, canoagem em corredeiras, shows de saltos hípicos em estádios, esqui fora das pistas, o tipo de prazer de que são feitos os ossos fraturados.

Debra diz que é por causa do meu namorado, mas era assim antes de ele aparecer e sei que é uma coisa mais básica do que o amor. A única lista maior do que a lista das coisas que já fiz é a das coisas que ainda vou fazer: caiaque, asa-delta, pára-quedismo; acho que quero aprender a voar.

Debra diz:

— Não está na hora de pensar em ter um filho?

— Sou mãe de cachorro — respondo. — E mesmo assim consigo viver a minha vida.

— Sei. Seja ela qual for — diz Debra.

Sempre tive um relacionamento melhor com Jackson do que com Hailey. Isso em parte, eu acho, é porque a gente sempre ama um pouquinho mais o filho problemático, e em parte é como aquele brinquedo que apita quando a gente aperta; Hailey é simplesmente um cão de pouca manutenção. Jackson, por outro lado, é uma máquina de charme. Já me custou mais de dois mil dólares em contas de veterinário, nem calculo o dinheiro que vai para o apanhador de cachorros. E quem ganha todos os mimos? Pergunte só a Hailey.

Mais ou menos uma vez por mês tenho que ir pagar a fiança do Jackson no canil municipal. Atravesso o corredor escuro, salpicado de urina, e o encontro descansando confortavelmente, as patas cruzadas. Está enchendo o saco do *malamute* a seu lado:

— E aí, por que foi que te pegaram desta vez? — ele pergunta. — Por vadiagem, ou alguma coisa que valha a pena contar? — Vira-se para mim e levanta uma sobrancelha peluda. — Oi, mãe! — exclama. — Por que demorou?

Uma só vez, nos sete anos de vida de Hailey, a carrocinha a apanhou por vadiagem, no portão da nossa casa, e levou-a presa. Eu estava na banheira quando aconteceu, e ela deve ter pensado que ele tinha vindo nos visitar ou coisa assim, senão não teria ido ao encontro dele sacudindo o traseiro, nem teria dado aquele passo fatal para a calçada. Em dez minutos, estava no canil. Quando olhei pela janelinha de vidro e vi a coitada e ela me viu, fez um barulho como mulheres nuas ardendo no fogo do inferno.

Quando os cascos do meu cavalo atingiram e racharam os ossos do meu antebraço esquerdo, não percebi que ia acontecer. Ele estava na pista de exercícios, eu tinha acabado de trocar a guia e estava caminhando de volta para o centro do círculo que ele iria fazer em volta de mim, e no minuto seguinte eu estava estendida no chão, a mão caída para trás, ainda ligada a mim por carne e músculos e no entanto de certa forma separada. O médico teve que remover não apenas as fraturas em 18 ou 19 pedaços de ossos, mas outra separação — um desligamento que a dor tornava necessário. Era uma coisa que já não era inteiramente minha, como um filho, como um amor, era e não era o meu braço.

Quando os paramédicos vieram e tentaram tirar meu paletó por cima da cabeça, pedi que por favor usassem uma tesoura. O paletó, meu pulôver e minha camisa de flanela caíam em volta de mim em tiras.

A enfermeira com a tesoura comentou:

— Se a dor for muita, eles deixam a gente cortar até o cabelo deles.

Depois da operação, depois do implante das duas placas de aço, dos 14 parafusos e do pedaço de cadáver do banco de ossos, o meu namorado, aquele cuja música favorita era "Desperado", dedicou-se a mim como um marido, como uma mãe, como um maior amigo. Cozinhou, fez faxina, leu para mim e lavou minha cabeça na banheira.

Disse:

— Eu queria que fosse sempre assim...

Debra disse depois:

— Claro que queria. Você incapacitada e ele no controle.

Não durou. Meu braço melhorou, como era para ser.

Perguntei:

— Posso fazer alguma coisa, que não seja fraturar os ossos, para você tornar a me tratar assim?

Meses depois, Jackson foi preso na calçada de um *shopping* sob a acusação de ataque. Eu estava lá dentro, experimentando um vestido para um casamento, quando ouvi os latidos. Quando cheguei, a cena era a seguinte: um menino de oito anos aos gritos, o pai furioso, um segurança com um cassetete, Jackson na caminhonete balançando o rabo e latindo como um louco.

O pai furioso disse:

— O seu cachorro mordeu o meu filho.

O segurança disse:

— Madame, a senhora tem sorte por eu não ter uma pistola, senão o seu cachorro ia estar numa poça de sangue.

Pus Jackson na coleira e ele sentou-se como uma estátua aos meus pés. Vieram os policiais. Um deles era um galinha. Ninguém conseguiu encontrar qualquer marca na mão do garotinho, em nenhuma das mãos, e o garoto tinha esquecido qual era a mão que o Jackson tinha mordido.

Mostrei-lhes os certificados da vacinação anti-rábica. O oficial de controle animal disse:

— O cachorro vai ter que ficar em cativeiro durante dez dias.

— Mesmo se ele não mordeu ninguém?

Ele disse:

— A raiva é uma doença muito perigosa.

E disse:

— São dez dólares por dia mais os custos do tribunal, mais as multas. Pelo menos uns 150 por ataque canino.

O menino estava no carro da polícia, brincando com o controle das lanternas do capô.

Uma mulher de saia e paletó azul parou para falar com Jackson. Estudou a cena. Jackson olhou para ela como se fosse Clark Gable. Ela inclinou-se para dentro da janela do carro da polícia e disse o seguinte:

— Garoto, tudo que vai, vem. Um dia um grande cão pastor vai aparecer e arrancar sua mão com os dentes.

Como já disse, Jackson causa este efeito nas pessoas. O oficial de controle de animais levou para longe a mulher de azul. Pegou a coleira de Jackson e lhe pediu para pular para dentro da grande caixa na caçamba da caminhonete dele.

Jackson olhou para mim por cima do ombro e pulou.

— Qualquer coisa por um passeio, mamãe!

Pela primeira vez, percebi Hailey, enrodilhada quietinha e quase dormindo, no alto do estepe na caçamba da minha caminhonete.

— Francamente, isto já está perdendo a graça — falei com Jackson.

Minha amiga Debra tem uma teoria segundo a qual as mulheres são os verdadeiros machões chauvinistas.

— Você não acredita. Devia ler mais contos de fadas — diz ela. — O homem vai e faz uma coisa heróica e espetacular, e o tempo todo a mulher está em casa esperando que ele volte para beijá-la e despertá-la, esperando que sua vida comece.

Eu não diria exatamente desse modo, mas não posso afirmar que ela esteja inteiramente errada.

Apesar disso, arranjo um novo namorado. Ele é mais bonzinho, imagino, que Deus. É o tipo de homem que sabe que as mulheres têm um segredo, e mesmo que compreenda que não pode saber esse segredo, é suficientemente esperto para querer viver à luz dele. Pelo que eu saiba, ele nunca ouviu falar na banda de rock chamada The Eagles.

Plantamos uma horta juntos, no início da estação, não porque sejamos ignorantes a respeito do tempo, mas porque a nossa necessidade de um símbolo pesa mais do que a nossa preocupação com a horta. Nas noites em que ameaça gear, fazemos chapeuzinhos de papel para os tomates e os pimentões, e a nossa horta parece um bando de marinheiros ingleses enterrados até os olhos.

Tenho vontade de contar a Debra que, quando estamos fazendo amor, ele só fala em francês, mesmo não sendo verdade.

Está bem. Porque não é verdade.

Debra diz:

— Você precisa disto agora.

Mas este caso não é o que ela pensa: bom sexo com um cara legal.

É um universo inteiro lá dentro e quero contar a ela que estou fazendo uma revisão na minha lista. Asa-delta e surfe aéreo estão fora. Filhos, portanto, subiram na lista.

Tudo a respeito do sexo, até mesmo a simplicidade de um orgasmo, parece se tornar mais complicado com toda essa história de olhos nos olhos. "Alta densidade" é a expressão que não me sai da cabeça.

Depois, antes de dormir, com o corpo dele enrodilhado em volta do meu, a única imagem a que posso me agarrar é a seguinte:

Uma vez, quando Jackson e eu estávamos fazendo uma caminhada, encontramos uma vaca, morta havia pelo menos 20 dias e inchada. Jackson rasgou com as unhas a barriga intumescida e esgueirou-se para o interior das costelas e não quis sair pelo resto da tarde, toda a noite e parte do dia seguinte.

Me ocorre de manhã quando estou tirando os chapeuzinhos dos tomates:

— É como voar.

Nevasca Sob Céu Azul

A médica disse que eu estava com depressão clínica. Era fevereiro, o mês em que a depressão corre solta no vale de Salt Lake e a sua capa de inversão térmica e os urbanóides fogem para Park City, onde a neve é fresca, o sol brilha e todos são felizes, exceto eu. Na verdade, a minha vida estava à beira de descobertas mais espetaculares e satisfatórias as quais jamais tinha imaginado, mas naturalmente não conseguia enxergar o futuro. O que via era trabalho que não estava sendo feito, contas que não estavam sendo pagas e um homem a quem eu tinha dado o meu coração passando o final de semana no deserto com a sua ex.

A médica disse:

— Posso lhe receitar um remédio forte.

Falei:

— Claro que não.

Ela explicou:

— O motor que move você está quebrado. Você precisa de alguma coisa para ajudar a consertá-lo.

— Acampar na neve — sugeri.

— Qualquer coisa que faça a sua cabeça.

Uma das coisas que mais aprecio na natureza é o modo como ela nos oferece aquilo que nos faz bem, mesmo que na hora a gente não saiba disso. Nunca tinha acampado na neve, pelo menos tão longe da civilização, e o fim de semana que escolhi para tentar consertar o meu motor foi o mesmo fim de semana em que apareceu a massa de ar que chamaram de Nave do Alasca. Fazia 32 graus abaixo de zero na cidade na noite que passei na minha caverna de neve. Não sei qual temperatura estava em Beaver Creek. Eu tinha escutado a previsão do tempo e o conselho do Alex, que dividia a casa comigo e tinha muita experiência em acampar na neve:

— Não sei o que acha que vai conseguir provar morrendo congelada — ele disse. — Mas se tem que ir mesmo, leve a minha barraca, é mais quente do que qualquer coisa que você tenha.

— Obrigada.

— Se misturar pó para refresco na água, ela não vai congelar — disse. — E não esqueça a pasta de acender o fogareiro.

— Certo — falei.

— Espero que no fim valha a pena, porque você vai congelar o traseiro.

Quando tudo na vida da gente é incerto, nada melhor do que a claridade e a nitidez de neve fresca e céu azul. Esse foi o primeiro pensamento que tive no sábado de manhã quando saí do calor da caminhonete e deixei os meus esquis caírem sobre a neve à minha frente. Não havia vento nem nuvens, apenas ar parado e sol frio. Os pêlos nas minhas narinas congelaram instantaneamente. Quando respirei fundo, meus pulmões encheram-se só pela metade.

Abri a portinhola ao som de uivos e ganidos excitados. Nunca vou esquiar sem Jackson e Hailey, meus dois melhores amigos, meu *yin* e *yang* caninos. Alguns de vocês devem conhecer o Jackson. Ele é o enorme pastor-com-outra-coisa com um focinhão e um latido de rachar vidraça. Anda por aí muito mais que eu. Gente que nunca vi passa pela minha casa e o chama pelo nome. É charmoso e incansável; só vai esquiar comigo se eu deixar que vá na frente. Hailey não é tão graciosa, e quando corre, seu corpo parece estar constantemente indeciso. Quando esquiamos, fica atrás de mim e nas encostas tenta pegar carona às escondidas em meus esquis.

Os cães corriam em círculos com a neve à altura do peito enquanto eu fazia mais um inventário na mochila para assegurar que tinha tudo de que precisava. Meu saco de dormir, minha coberta térmica, meu fogareiro, a barraca de Alex, fósforos, pasta de acender o fogareiro, lanterna, faca. Levei três ceroulas compridas — com as respectivas camisetas — para que pudesse trocar antes de dormir e novamente de manhã, e assim não congelar com o meu próprio suor. Levei papel, caneta e pó para refresco para misturar na água. Levei ensopado de frango desidratado, ervilhas, manteiga de amendoim e mel, bastante abricós secos, café e vitamina desidratada para o café da manhã.

Jackson ficou imóvel enquanto ajeitava sua mochila. Ele leva ração canina e água para nós todos. Comporta-se com seriedade quando está de mochila. Não sai da trilha por motivo algum, nem mesmo para perseguir coelhos, e fica nervoso e zangado se eu saio. Naquela manhã, estava impaciente comigo.

— O caminho é longo, mamãe — disse por cima do ombro.

Prendi as botas nos esquis e partimos.

Não há muitas coisas boas a dizer das temperaturas que caem para 20 graus negativos, a não ser isto: elas transformam o panorama num palácio de cristal e transformam sua visão na do Super-Homem. No ar matinal frio e rarefeito, as árvores e as montanhas, até mesmo os ramos e as sombras, pareciam saltar da paisagem como um filme em 3-D, só que era melhor do que 3-D porque sentia o travo do ar.

Tenho um amigo em Moab que jura que Utah é o centro da quarta dimensão. Mesmo sabendo que ele pensa em uma coisa muito diferente e mais complicada do que a temperatura abaixo de zero, foi ali, naquela manhã emoldurada de gelo, que me senti à beira de ver alguma coisa mais do que a percepção de profundidade na claridade brutal do sol matinal.

Enquanto percorria os primeiros quilômetros, percebi que o sol lentamente se erguia no céu, mas o dia não estava mais quente. Fiquei pensando se deveria ter trazido outra camiseta, outra camada para pôr entre mim e a noite fria que viria.

Fazia um silêncio total, e o mínimo ruído que fizéssemos ressoava na manhã como uma orquestra de metais: o ranger das tiras de couro, o barulho da água na mochila de Jackson, o roçar do náilon, o chacoalhar das plaquinhas de metal nas coleiras dos cachorros. Eram como o baixo e a percussão em alguma música primal e fiquei o tempo todo com vontade de cantá-la, mas não sabia a letra.

Jackson e eu chegamos à crista de um monte e paramos para esperar Hailey. A trilha estendia-se até onde a vista alcançava, pela campina abaixo de nós e além dela — uma trilha dupla e ladeada de árvores cortando trilhas mais sutis de coelhos e cervos.

— Belo lugar — comentei com Jackson, e sua cauda bateu na neve sem produzir som.

Paramos para almoçar perto de alguma coisa que poderia ser um lago em sua outra vida, ou talvez simplesmente uma campina em forma de concha. Fiz sanduíches de manteiga de amendoim e mel para todos nós e abrimos o pacote de abricós.

— Aqui é fabuloso — falei para os cachorros. — Mas até agora não está funcionando.

Nunca houve nada de errado na minha vida que alguns dias no mato não curassem, mas ali estava eu, no meio de todas aquelas árvores cobertas de cristal, todos aqueles raios de sol pontilhados de diamantes, e não me sentia melhor. Aparentemente a depressão clínica não era como ter um dia ruim, nem mesmo como ter um monte de dias ruins, era mais como uma casa de espelhos, era como estar num aposento cheio de espelhos os quais, do outro lado, eram vidraças.

— Vem, mamãe — Jackson chamou. — Esquie mais, vá mais depressa, suba mais alto.

Hailey virou-se de barriga para o sol e gemeu.

— Ele tem razão — disse a ela. — É só isso que podemos fazer.

Depois do almoço, o sol tinha passado para trás de nós, jogando uma luz inteiramente diferente na trilha à nossa frente. A neve que atravessávamos parou de ser simplesmente branca e ficou translúcida, insinuando outras cores, reflexos de azuis, púrpuras e cinzentos. Pensei em Moby Dick, sabe, a brancura da baleia, brancura que é realmente a ausência de toda cor, e branco significa verdade, e a busca de Ahab é inútil afinal, pois nada encontra além do seu próprio reflexo.

— Ponha o pensamento onde estão os seus esquis — disse Jackson, e depois disso nossa velocidade aumentou consideravelmente.

O sol estava ficando bem baixo quando perguntei a Jackson se ele achava que devíamos parar e construir a caverna de neve. Ele disse que ia procurar o próximo barranco favorável. Quase cem metros trilha abaixo o encontramos: uma encosta leve, virada para o nascente, que não parecia que ia desmoronar em quaisquer circunstâncias. Jackson foi o primeiro a cavar.

Quero deixar bem claro uma coisa: eu conhecia pouco mais que Jackson sobre a técnica de construir cavernas de neve, pois nunca tinha construído uma, e todo o meu conhecimento vinha das histórias chocantes de mortes na neve. Sabia muitas coisas que não deviam ser feitas quando se constrói uma caverna de neve, mas estava tendo dificuldade em saber exatamente o que fazer. Mas Jackson ajudou, Hailey supervisionou, não demorou muito até termos uma pequena caverna, de tamanho apenas suficiente para três. Jantamos muito felizes com a nossa façanha e montamos a barraca dentro da caverna, bem quando o sol sumia e o crepúsculo caía sobre Beaver Creek.

A temperatura, que não tinha exatamente decolado durante o dia, caiu 20 graus em 20 minutos. De repente mudar a ceroula não parecia uma idéia tão boa assim. O plano original era dormir com os cachorros dentro da barraca mas fora do saco de dormir, o que convinha a Jackson, o supermetabolizador, mas não tanto a Hailey, a sedentária. Ela gemia, se retorcia e conseguiu enfiar todo o corpo gordo dentro do saco de dormir. Jackson estendeu-se de corpo inteiro por cima.

Uma das coisas ruins de acampar na neve é que isso só pode ser feito quando os dias estão muito curtos. Quatorze horas é muito tempo para ficar deitada numa caverna de neve, mesmo nas circunstâncias mais perfeitas; e quando faz 32 graus negativos, 14 horas parecem semanas.

Eu gostaria de poder dizer que adormeci no mesmo instante. Na verdade, o medo penetrou na minha espinha com o frio e não preguei os olhos. Enrodilhada ali, entre meus cachorros e garrafas de água, passei metade da noite me censurando por pensar que era a Mulher Maravilha, arriscando não apenas a minha própria vida como a dos meus cachorros — e a outra metade tentando impedir que a dormência nos pés subisse para os joelhos. Quando cochilava um pouco, na verdade mais desmaiava que cochilava, voltava a mim sem saber se tinha morrido congelada, mas a dor que se alternava com a dormência que começou nas minhas extremidades, e foi se aprofundando até os ossos, convenceu-me de que devia estar viva ainda.

Era uma noite clara. De vez em quando eu enfiava a cabeça para fora do ninho de penugem e náilon para contemplar o progresso da lua no céu. Não há dúvida de que foi a noite mais longa e mais desconfortável da minha vida.

Mas então o céu começou a ficar cinzento, depois começou a ficar rosado, não demorou para o sol bater na minha barraca, não exatamente quente, mas trazendo a promessa de calor mais tarde. E comi abricós, bebi café com gosto de pó para refresco, comemorei o renascimento dos meus dedos dos pés e das mãos e a sobrevivência de muitas partes mais importantes do meu corpo. Cantei "Rocky Mountain High" e "If I Had a Hammer", solfejei e assobiei, e até dancei o *two-step* com Jackson e deixei que ele me lambesse o rosto. E quando Hailey finalmente emergiu do saco de dormir, uma hora depois de mim, dividimos um sanduíche de manteiga de amendoim e mel. Ela disse que nada jamais tinha sido tão gostoso.

Levantamos acampamento, arrumamos a bagagem e desmanchamos a caverna de neve com alguma coisa parecida com exultação.

Tínhamos percorrido quase oito quilômetros da trilha quando entendi o que havia acontecido. Nem uma só vez durante as 14 horas daquela noite pensei em prazos, ou contas, ou o cara no deserto. Pela primeira vez em muitos meses fiquei feliz em ver o dia começar. O sol da manhã era como um presente dos deuses. O que realmente aconteceu, naturalmente, foi que me lembrei da alegria.

Sei que uma noite ao ar livre com 32 graus negativos não parece muita coisa para vocês que subiram o Everest ou participaram da corrida de trenós Iditarod ou foram até a Antártida de caiaque, e não vou tentar convencê-los de que a minha vida foi como nos filmes, onde a depressão some em um fim de semana e todos os problemas da vida desaparecem com um momento de visão clara. A verdade nua e crua é a seguinte: no domingo tive um vislumbre de fora da casa de espelhos, no sábado não poderia ter encontrado o caminho para sair de um saco de papel. Enquanto vinha esquiando de volta para a caminhonete, naquela manhã, surgiu um vento por trás de nós e girou a neve ao nosso redor como uma nevasca sob o céu azul. Fiquei pasma com a perfeição simples dos flocos de neve e sobressaltada pela esperança contida no sol sobre as árvores congeladas.

De Vez em Quando Vocês Conversam Sobre Idaho

Finalmente você chegou a um lugar seguro. Que podia ser rotulado de *lugar seguro*, como um letreiro de cinema, em letras claras e brilhantes. Você se dedicou a chegar lá. Leu todos os livros. Preparou para si mesma elaboradas refeições de alta gastronomia. Trouxe flores frescas para casa. Adora o seu trabalho. Adora os seus amigos. É a vida de solteira no meio do deserto. Nada de bebidas, nada de drogas. Não é só uma coisa que você diz a si mesma; é uma coisa em que acredita.

O homem que você mais admira no mundo telefona e a convida para almoçar. É o seu bom pai, aquele em quem você confia, aquele de quem você depende. O único, além do seu agente e dos editores, que ainda vê o seu trabalho.

Você almoça sempre com ele, porque é honesto e raro e porque traz uma certa energia maníaca para a sua vida. É a fita métrica da sua própria autenticidade, o modo como ele baixa os olhos quando você diz a coisa mais longinquamente inteligente.

De Vez em Quando Vocês Conversam Sobre Idaho 143

Ele vive num espaço que você só consegue fingir que imagina. Quando fala sobre a própria vida, parece não haver participantes ou acontecimentos, só um monte de energia movendo-se, girando e mudando de mãos. É estonteante, na verdade; o sexo vira religião, e a religião vira arte.

De vez em quando vocês conversam sobre Idaho: o cheiro dos abetos, os estalidos de uma fogueira de acampamento, o arco da isca no ar antes de romper a superfície da água. Idaho é uma coisa da qual ele pode falar concretamente.

Ele sempre pergunta sobre a sua vida amorosa. Você diz não, não há ninguém. Ele declara:

— O problema de morar sozinho é que você tem que se afastar muito para chegar ao lugar onde consegue fazer o seu trabalho. E quando termina não há ninguém lá para lhe dizer se você já voltou ou não.

Seu bom pai dá um sorriso levemente constrangido, que em seu rosto suave é tão incômodo quanto um sapato novo. E diz que tem um amigo que gostaria que você conhecesse.

— Ele é ao mesmo tempo inteligente e muito masculino — diz seu bom pai, alguma coisa em sua voz reconhecendo que essa é uma combinação rara porque quer que você saiba que está do seu lado nisso. — A nossa amizade é sempre nova.

"Imagine um primeiro encontro em que você não precise prestar atenção em seu vocabulário — diz seu bom pai. — Imagine um homem que possa ser tão intenso quanto você — diz ele.

O amigo do seu bom pai mora em Manhattan, a mais de 3.500 quilômetros do lugar que você aprendeu a chamar de lar. É poeta, pianista clássico e astro de novelas de TV. Traduziu peças em cinco diferentes línguas dos índios americanos. É ambientalista, humanista e esquerdista.

— Já fez muita auto-análise. Procura um relacionamento e gosta de cachorros — diz seu bom pai. — Agora que você tem ido tantas vezes a Nova York, podia ser perfeito.

Você o observa esperar a sua reação. Olha para as rugas que o sofrimento fez no rosto dele e se dá conta de que ama o seu bom pai muito mais do que qualquer pessoa com quem você dormiu nos últimos cinco anos. Faria qualquer coisa que ele lhe pedisse.

— Parece divertido — você responde, sem pestanejar.

Você é pura imperturbabilidade. Já decidiu: um relacionamento não é uma coisa de que a gente precisa como uma droga, mas uma viagem, uma circunstância, uma escolha que a gente poderia fazer num determinado dia.

— O meu amigo adora montanhas e o deserto — diz o seu bom pai. — Vem para cá sempre que pode. Seu verdadeiro nome é Evan, mas ele tem o mesmo papel nas novelas há tanto tempo que todos o chamam de Tex.

— Tex? — você ecoa.

— Ainda não lhe contei, mas o meu amigo faz papel de *cowboy*. — Seu bom pai sorri um sorriso embaraçado. — Esta é a melhor parte.

Você voa para a Costa Leste num avião enorme e vazio. Você contempla os contornos da terra ficarem cada vez mais verdes, terras áridas passando a campinas e milharais, até que as nuvens tapam a vista e começa a escorrer água pela asa.

De algum modo você viveu 29 anos sem jamais ter marcado um encontro com alguém que não conhecia pessoalmente. E não se permite reconhecer, mas está indescritivelmente excitada.

Deixa sua mãe vesti-la. Ela mora em Nova Jersey e é atriz, você acha que esse é um privilégio dela. Faz você fazer as seguintes coisas, que você não está acostumada a fazer: usar base de maquila-

De Vez em Quando Vocês Conversam Sobre Idaho 145

gem, curvar os cílios, repartir o cabelo de lado. Nem mesmo a Mona Lisa, ela diz, fica bem com o cabelo repartido no meio. Ela lhe dá o próprio carro, para que você não tenha que pegar o ônibus para Nova York e em troca você deixa um número de telefone onde ela possa encontrá-la. Ela promete não ligar.

É um pouco agoniante em Nova Jersey, onde há carros na estrada 24 horas por dia e nunca fica realmente escuro à noite. Na rodovia, a quase oito quilômetros de Newark, você vê um cervo atravessando um viaduto de concreto onde foram plantadas árvores. Isto lhe parece mais incrível do que provavelmente é. Um sinal vindo da terra natal, passagem segura, boa sorte.

Funciona. Você consegue atravessar o improvável túnel Lincoln por baixo do leito do rio e ele não desmorona. Você encontra um estacionamento que não fecha a quatro quarteirões do Moran's Seafood, o lugar do encontro marcado. A caminho de lá você vê uma mulher que parece muito feliz carregando uma estrela do mar numa terrina de plástico transparente. Você só tem que descer uma rua que lhe dá um certo medo. É a primeira a chegar ao restaurante, e os olhos arregalados do seu reflexo no espelho atrás do bar lhe causam um pequeno sobressalto. Resiste ao impulso de contar ao *barman* que você tem um encontro com alguém que não conhece.

Quando ele entra, não há como confundi-lo. É o astro de novelas com o guarda-chuva, costas e ombros musculosos, as rugas de riso que a América adora. Enquanto ele examina o recinto, pela primeira vez ocorre a você perguntar-se que tipo de conversa de vendedor o seu bom pai passou nele sobre você. Logo estão apertando as mãos, logo ele está pegando o seu guarda-chuva, um braço entrelaçado no seu, guiando-a para a mesa para dois.

Só é constrangedor nos primeiros dez minutos. Ele é uma grande massa de carisma avançando para assuntos cada vez mais interessantes. Vocês dois estão tão preocupados em manter a conversa rolando que não olham o cardápio até o garçom se aproximar pela quinta vez.

De todas as coisas no cardápio você escolhe a única que é difícil de pronunciar. Você acabou de passar num exame de fluência em francês, que é uma das exigências do seu doutorado, mas dizer "*en papillote*" ao garçom é uma coisa além das suas forças. Então você descreve o prato em inglês e depois de o garçom assistir ao seu sofrimento até ficar satisfeito, move a caneta e faz um gesto de assentimento com a cabeça.

Durante o jantar você cobre todos os temas obrigatórios num primeiro encontro na década de 1990; abuso de drogas, casamento rompido, esperanças, sonhos e aspirações. Você fala tanto dos seus cachorros que ele fica confuso e acha que são seus filhos. Ele usa palavras de sentimento quando fala, às vezes mais de uma na mesma frase: sofrimento, amedrontado, êxtase. E mais uma coisa: ele está escutando, não as palavras que você está dizendo, mas os seus ritmos, as suas reverberações, recolhe-as como uma máquina. Alguma coisa nos modos dele é tão parecida com o seu bom pai que uma confusão, não totalmente desagradável, se estabelece atrás do seu coração.

Entre o chá de erva e a sobremesa com três camadas de caramelo que pediu só para que você dê uma provadinha, ele estende os braços por cima da mesa e segura a sua mão com as dele. Então diz que você é um doce de criatura.

Você sente uma rachadura penetrando na sua estrutura, como a neve se separa antes de uma avalanche num dia de inverno quente demais. Alguma coisa no ar recende um pouco a salvação, e você respira cada vez mais fundo mas não consegue encher os pulmões. Quando todas as mesas estão vazias e todos os empregados do restaurante estão olhando para vocês com cara de raiva, você finalmente solta a mão dele.

De Vez em Quando Vocês Conversam Sobre Idaho   147

Então vocês saem andando. De um lado de Chelsea até o outro, o tempo todo tendo como centro o quarteirão do seu estacionamento. Ele entende de arquitetura. Lê as placas históricas. Mostra a você recantos e cantinhos, portões escondidos, remanescentes do estilo alatinado.

Está garoando há horas, desde o jantar, e você sente seu cabelo aos poucos esgueirando-se para o confortável estilo habitual, repartido no meio. Você sorri para ele como a Mona Lisa, e ele parece que vai beijá-la, mas não beija. Então o céu se abre e vocês entram correndo num café para tomar mais chá de erva.

O café está apinhado e as ruas estão cheias de gente, e não faz sentido para você quando ele diz que são três horas da manhã. Você não pode dirigir de volta para Nova Jersey esta noite, ele diz. É a sua primeira oportunidade real de avaliá-lo, e você faz isso. Da mesa vazia ao lado, o seu bom pai lhe dá uma piscadela.

— Seria loucura dirigir de madrugada — você diz.

Quando você pensar neste encontro, é da corrida no táxi que vai se lembrar. A Broadway passando num borrão de luzes verdes, os prédios mais altos iluminados como o dia. O seu motorista e o de um táxi ao lado do seu enfiam as cabeças para fora da janela e conversam a 80 quilômetros por hora numa língua um pouco parecida com o português, um pouco parecida com música. É expectativa pura e simples: os dois sabem que o sexo é iminente, mas você ainda não segura esse fato na mão. Está rindo e inclinando-se contra ele. Você está se vendo na tela gigante, mulher do oeste encontra *cowboy* diurno na cidade grande, onde, mesmo se não estivesse chovendo, você não conseguiria ver uma única estrela.

O prédio dele fica no West Side e é do tipo cooperativa, um nome que lhe soa feliz, como um lugar onde todos deveriam dar-se bem. No apartamento dele estão as fotos em preto e branco que você esperava, as persianas verticais, a cozinha minúscula e o escritório imenso, a escrivaninha antiga.

 Ele pergunta: chá sem cafeína? E você aceita com um gesto de cabeça. Você faz a conta: apenas hoje, é a sua décima primeira xícara de chá de erva. Nunca teve um primeiro encontro sem álcool. Agora sabe por quê.

 Você o observa andando pelo aposento como um astro de novela. Tomada número um: a sedução da mulher vinda do oeste: um sorriso, um toque, um olhar de relance. Você ainda está esperando a grande cena em que começa a beijá-la, uma das mãos em concha sob o seu queixo, a outra na sua nuca. Os patrocinadores ensinaram a ele como fazer isso. "Agora devagar", diz o diretor, "e um pouco mais suave. Vire o queixo, vire o queixo, não estamos vendo o rosto dela." Você não está enganando ninguém. É muito melhor que TV.

— Vamos esquecer o chá — ele diz, o que é uma decepção.

 Você tem vontade de ver o *script*. Tem vontade de fazer um grande X em vermelho sobre aquela frase e escrever outra, mas ele está segurando sua mão e levando você para o quarto com a cama enorme e a cabeceira de ferro forjado com o pôr-do-sol sobre as montanhas, e há tantas coisas para pensar. Como: foram quantos dias depois da sua última menstruação, a percentagem de gente em Nova York com AIDS, o que você pode dizer para fazê-lo entender, se ainda tem alguma importância, que ir para a cama no primeiro encontro não é uma coisa que você faz com muita regularidade. Alguma coisa precisa ser dita, não exatamente para defender sua virtude, mas para deixar claro que esse ato terá que ser significativo, para torná-lo melhor, não para o tempo todo ou para sempre, mas para agora, porque é isso que você — depois de descartar todos aqueles outros requisitos ao longo dos anos — decidiu que o sexo tem que ser: alguma coisa significativa no momento.

— Estou me sentindo um pouco estranha — você começa, e percebe que não está falando de si, e sim testando-o para ver se ele vai lhe deixar falar. — Parece que estou violando o meu próprio código sobre encontros — você diz. — Se é que eu tenho um. Quer dizer, eu quis vir para cá com você e não queria que isso acabasse agora, além disso temos outra pessoa em comum e como nós dois o amamos existe esta proximidade entre nós, esta confiança que pode ser totalmente injustificada e assim — você arremata — estou me sentindo um pouco estranha.

Você se dá conta: isto é o que acontece quando você começa a ficar mentalmente saudável. Em vez de deixar-se arrebatar silenciosamente para a cama, você se sente compelida a dizer várias coisas, na maioria incoerentes, em frases sem pontuação.

— Sei como se sente — ele diz. — Eu também. Mas quero esta proximidade. Não quero que você volte para casa sem que a gente a tenha tido.

Não é exatamente uma declaração, mas serve. Você cai num oceano cuja praia é o pôr-do-sol sobre as montanhas. É uma tempestade no deserto. É um vento quente na neve. Você perde a conta dos orgasmos sob a luz fumacenta da cidade, primeiro dos postes, depois do dia, os contornos sempre mudando.

— Está se divertindo? — ele pergunta em certo momento.

E você diz que sim, porque divertir-se é uma das coisas que você está fazendo.

Ele faz alguma coisa na sua nuca que é mais íntima, de certa forma, até mesmo do que tê-lo dentro de você. Certa vez você leu um artigo sobre massagem crânio-sacral, em que a tarefa do corpo de bombear sangue para o cérebro é feita por outra pessoa, dando ao corpo do paciente a coisa mais próxima que já teve de um repouso total.

Às oito e meia da manhã, sua mãe liga e você faz uma pausa suficientemente longa para resmungar algumas palavras ao telefone.

— Estou perfeitamente segura — você lhe diz, e volta para o quarto rindo do absurdo da sua mentira.

É meio-dia antes que você volte à superfície, ainda sem ter dormido, sentindo o corpo dormente, formigando e encharcado, sem peso, molhado de chuva, rejuvenescido.

Mas, querendo ou não, é o dia seguinte. Vocês dois têm compromissos. Ele a beija duas vezes.

— Jantar? — convida.

— Só se for tarde — você diz.

— Tudo bem. Ligue para mim.

Você vai a uma reunião após outra e finalmente a uma festa com pessoas que significam tudo para a sua carreira. Está usando as mesmas roupas de ontem, caminhando com certo cuidado, as pernas curvadas como as de um urso. O seu editor, por algum milagre de percepção, segura sua mão e não a solta a noite inteira, mesmo quando vocês estão envolvidos em duas conversas separadas.

Mais tarde você liga para o astro de novelas. Ele tenta lhe ensinar o caminho.

— Você está no East Side — diz. — E eu estou no West Side.

Você lhe diz que já esteve em Nova York. E desliga o telefone.

A caminho da casa dele você se perde. Está chovendo, o tipo da chuva que nunca cai no deserto. Uma chuva que satura, onde os espaços de ar entre os pingos contêm quase tanta umidade quanto os próprios pingos. Você dirige o carro da sua mãe por canais de correnteza mais profunda que seus pára-lamas. Nunca tinha estado nessa parte de Manhattan. As ruas têm nomes que você não reconhece. Vultos escuros escondem-se em cantos escuros e parece que você está presa dentro da mesma série de parques. O anticongelante não consegue agüentar a sua ansiedade. Então de repente você está de volta à Broadway. E encontra a casa dele.

— Tive uma experiência de aprendizado — você diz.

O que devia ter levado 15 minutos levou uma hora e meia. Ele não está zangado, mas pega as chaves do carro na sua mão. Juntos vocês vão procurar um estacionamento aberto.

— Jantar? — ele pergunta.

Você balança a cabeça, querendo dizer que não, ainda não jantou, ou que não quer jantar.

— Se não dorme, precisa comer — ele declara.

Vocês dois parecem sobreviventes de guerra. Ambos tentam ser simpáticos e não conseguem. Até a conversa mais simples está acima das suas forças. Finalmente comem em silêncio. Você desaba na cama. É de dormir que vocês dois precisam, mas existe uma força insaciável entre vocês. Durante toda a noite vocês ficam estendendo as mãos, rolando, esperando o sino tocar para avisar que vocês se encontraram, para avisar que não tem importância dormir.

Depois do que pareceram minutos, é hora de dizer adeus, cedo demais, nem está claro lá fora, no cinzento crepuscular da manhã nova-iorquina, claro ou nublado, quem pode saber, sem as estrelas? Ele tem que ir para o estúdio, pôr as botas de *cowboy* e paquerar uma pessoa chamada Hannah, para que toda a América suspire.

— Então Tex é bonzinho? — você pergunta, de olhos sonolentos, enquanto ele se despede com um beijo.

— Querida, não existe alguém mais legal que o Tex. Jogue as chaves na caixa de correspondência. Cuide-se.

Depois que ele sai, o telefone toca e a secretária eletrônica atende. Experiências passadas lhe ensinaram a esperar uma voz feminina, mas é o seu bom pai, querendo que Evan lhe conte como foi tudo. Você imagina o seu bom pai no deserto — sol brilhante, mato seco e vento quente. Quando você escuta a risada dele pela secretária eletrônica, seu deslocamento é completo.

Você vagueia por Nova York até a hora do compromisso para o almoço. Uma das revistas elegantes para a qual você escreveu contos curtos quer mandar você para a Iugoslávia. Não é uma coisa que você possa compreender de imediato. Eles ficam falando sobre isso, sobre passagens de avião, passes de trem e a época do ano que é mais bonita, e mesmo tendo explicado por que querem que você vá, você continua pensando: mas por que estão me dizendo isto?

É quarta-feira, dia de matinê, de modo que você entra na fila para comprar entradas para um musical com desconto, mesmo que prefira um drama, mas sabe que não está em condições de ver alguma coisa que exija que você pense. De qualquer maneira, escolhe o musical errado. As primeiras palavras ditas no palco foram: "O amor muda tudo", e daí em diante fica pior. Você sai com a sensação de que passou por três horas e meia de exercícios de respiração. A caminho da Rua 57, você se dá conta de uma coisa valiosa e assustadora: hoje você quer mais estar apaixonada do que qualquer outra coisa; o prêmio literário National Book Award, por exemplo, ou o Prêmio Pulitzer.

Você deixou algumas coisas no apartamento do astro de novelas: lentes de contato, um disquete de computador, a *lingerie* Oscar de la Renta de 40 dólares. São necessários vários telefonemas para marcar uma hora para recuperá-las. Ao telefone ele é lacônico, está na outra linha com um diretor em Londres, e você se dá conta de que ultrapassou algum limite e invadiu o espaço dele. Você se esqueceu como os nova-iorquinos são ciosos do seu espaço. Você se censura exageradamente. Onde você mora, existe muito espaço. Tanto que você mal consegue acreditar. Finalmente, é o porteiro dele quem abre para você a porta do apartamento deserto.

E então você vai para casa, em outro avião imenso, e se senta ao lado de uma mulher gorda que está lendo um livro chamado

Por que as mulheres confundem amor com sexo. Não é com ela que você está furiosa, mas a olha com raiva, para que não fale com você, porque você sabe que qualquer coisa — qualquer coisa! — que alguém lhe diga vai fazer você chorar sem parar.

Durante dois dias você coloca o sono em dia e imagina que ele vai telefonar. No terceiro dia você recupera o juízo suficientemente para fazer uma caminhada, entrar na paisagem que a cura. Existe uma dinâmica no deserto que você compreende perfeitamente: a terra seca, seca, e as plantas próprias para viverem quase que eternamente sem os ingredientes simples e básicos de que mais precisam. Depois de cinco dias você sabe que ele não vai telefonar, o que não tem importância, porque de toda a bagagem que trouxe de volta da cidade você ressuscitou a sua independência. Seu trabalho a rodeia como um colchão de plumas e as coisas quase voltam a ser como eram antes. Mas agora o desejo cresce dentro de você como uma planta, uma coisa grande, verde e folhuda que só foi alimentada uma vez, mas agora que está crescendo, não quer ficar quieta. Você se senta em sua casa e conversa com os cachorros. Na maioria das vezes você mesma responde.

Seu bom pai liga e a convida para tomar café da manhã. É um compromisso bem cedo, mas você se levanta ainda mais cedo para tomar banho e vestir-se. O café da manhã será num hotel simples, mas você usa o que usou no Moran's. Chega até a curvar os cílios. Diz ao seu bom pai que Evan foi tudo que ele disse que seria. Você descreve o final de semana com mais fatos do que insinuações. Ele entende tudo. E diz que ele próprio é um homem solitário.

Você lhe fala da coisa folhuda no seu estômago, conta que tirou aquilo de Evan, que o seu desejo tornou-se uma coisa que você possui, afinal. Quando chega a essa parte, seus olhos se enchem de lágrimas. É a sua vez de representar e a autenticidade não torna tudo menos teatral. É honestidade que você está tentando ter e ainda assim você parece exagerada. Os olhos do seu bom pai lhe dizem que você conseguiu, no entanto os seus motivos são suspeitos demais para que até você mesma os estude. Você prefere resumir tudo em uma coisa simples: você representa para o seu bom pai porque o ama. Qualquer outra coisa é irrelevante. O seu bom pai estende os braços sobre a mesa e pega sua mão nas dele.

— Evan vai telefonar — afirma. — Eu o conheço. Sei que vai.

Você se pergunta o que Evan teria dito ao seu bom pai pelo telefone. Você se pergunta por que não existe uma palavra que seja o antônimo de solitário. Você se pergunta se existe diferença entre o que poderia ser verdade e uma representação que não seja uma mentira. Na sua vida, nesse momento, você não consegue encontrar uma.

Sinfonia

A vida às vezes é ridiculamente simples. Perdi sete quilos e os homens passaram a me querer de novo. Vejo isso no modo como seguem os meus movimentos, não apenas com os olhos mas com o corpo inteiro, o modo como se inclinam para mim até quase caírem, o modo como sempre parecem ter uma coceira na nuca. E admito: estou colecionando homens como colherinhas folheadas a ouro, uma de cada estado.

Esta é uma história difícil de contar porque o que há de certo no que tenho a dizer é estreito como uma corda bamba, e o que há de errado abre-se largamente, me chamando, de cada lado. Sempre disse que não uso drogas, sorrindo tristemente para histórias de vidas arruinadas, em segurança e distante do programa de 12 passos, e dos livrinhos de capa de couro vermelho que dizem "Um Dia de Cada Vez". Mas há alguma coisa tão doce a respeito do primeiro beijo, a primeira entrega, que, como as palavras "Eu te quero", nunca mais poderão significar a mesma coisa. É delicioso e viciante. É, estou imaginando, a coisa mais deliciosa de todas.

Existem alguns homens importantes, e ao colocá-los nesta história posso fazer com que pareçam ter uma ordem, ou uma seqüência, ou uma prioridade, porque essas são o tipo de escolhas que a linguagem nos impõe, mas a linguagem não consegue tocar no sentimento cheio de alegria e ligeiramente desconcertante de estar muito apaixonada, mas sem saber exatamente por quem.

Primeiro vou falar de Phillip, que é vasto e perigoso, seus desejos incontíveis e enormes. Ele é talentoso demais, uma tragédia adulta de um menino superdotado, grandemente em demanda. Ele dança, ele tece, ele escreve uma carta que é capaz de extrair luz de um buraco negro. Ele garimpou ouro no Yukon e pescou peixes graúdos em Belize. Atravessou a Islândia num trenó puxado por cães, é o homem mais inteligente que todos os seus amigos conhecem. Seu apartamento tem cheiro de pão integral esfriando. O corpo cheira a temperos. Sensível e com medo medo medo de nunca se tornar pai, ele mora na cidade de Nova York e cuida muito do seu espaço. É fácil confundir o que ele aprendeu a fazer na cama com amor ou paixão ou arte, mas ele é simplesmente um mestre artesão, e muito orgulhoso de sua boa obra.

Christopher é inocente. Muito jovem e aberto. Teve bons cuidados da mãe e nenhum pai para deixá-lo com medo de falar sobre o seu coração. Em Nevada, fica de mãos dadas com mulheres de meia-idade enquanto os testes subterrâneos explodem sob eles. Estuda biologia marinha, teatro e poesia, e ainda não está muito consciente da sua beleza clássica. Logo alguém vai lhe contar, mas não serei eu. Há alguns anos, disse que em poucos anos ele seria suficientemente idoso para mim, e em poucos anos isso será verdade. Por enquanto somos amigos e eu lhe conto o meu sistema, como aprendi a conseguir o que quero de muitas fontes, e de nenhuma. Ele diz o seguinte: Você é uma mulher complicada. Mesmo quando diz que não quer alguma coisa, você quer mais que isso.

Tenho um sonho em que um homem se transforma em lobo. Ele está adormecido, dentro de um casulo, e quando se estica e rompe o pergaminho há tufos de pêlos em suas costas e ombros, e nas costas das mãos. É Christopher, eu suspeito, embora não consiga ver o rosto dele. Quando acordo estou na cama de Phillip. Minhas costas estão viradas para o lado dele, no entanto estamos nos tocando em todos os pontos de pressão. Na pré-madrugada consigo ver a linha de eletricidade que fazemos, um brilho como néon, a curva de um instrumento de madeira. Enquanto acordo, "sinfonia" é a primeira palavra que se forma em minha cabeça.

Jonathan veio para cá do Delta do Okavango, em Botsuana; ele é alto e peludo, inteligente e forte. Na minha sala, vejo-o enfiar a mão dentro da camisa e coçar o ombro. É um movimento selvagem, espaçoso e impaciente, preguiçoso também, e sem um mínimo de constrangimento. Ele não é inteiramente humano. Passou os três últimos anos no mato. Faço bifes para ele porque diz que não come comida complicada. Não acredita no *hibachi*, o forno japonês, e carvões que quase não brilham. Na terra dele cozinham tudo com fogo. Ele diz coisas no meu ouvido, nomes de lugares: Makgadikgadi Pans, Nxamaseri, Mpandamatenga, Gabarone. Diga estas palavras em voz alta e veja o que lhe acontece. Mosi-oa-Toenja, "A Fumaça que Troveja". Veja as fotos: uma fila de antílopes africanos saciando a sede, girafas de pescoços entrelaçados, um jovem elefante macho erguendo-se do rio Chobe. Quando estou com Jonathan tenho uma idéia que me delicia e assusta: foram os animais que me atraíram o tempo todo. Não os *cowboys*, mas os cavalos que os carregavam. Não os caçadores, mas o alce e o veado selvagem. Não Jonathan, em sua infinita beleza, mas os hipopótamos, os antílopes e os grandes felinos africanos. Você se apaixona pelo espírito animal de um homem, Jonathan me diz, e então, quando ele fala como um ser humano, você não sabe quem ele é.

Há um homem sobre o qual não vou contar, não porque ele seja casado, mas porque é sagrado. Quando me escreve cartas de amor, escreve "Minha cara" e assina com a primeira letra do seu primeiro nome e uma longa linha preta. Só fizemos amor uma vez. Vou contar apenas a única coisa que deve ser contada; depois que a única parte dele que algum dia terei desmoronou dentro de mim, ele disse: "Você é tão incrivelmente delicada." Foi a coisa mais perto que já cheguei de tocar o verdadeiro amor.

Outro sonho: estou na casa da minha infância e me vejo, aos cinco anos, à mesa do café da manhã: panquecas e salsichas, papai com a roupa branca de jogar tênis. A eu que está sonhando, a eu mais velha, se ajoelha e estende os braços, esperando que a eu mais nova venha para ser abraçada. Os braços de Jonathan estremecem ao meu redor e de repente estou desperta dentro de um corpo, dentro de um mundo onde ficou impossível ajoelhar e estender os braços. Ainda dormindo, Jonathan puxa minha mão sobre o seu ombro e a aperta com força contra o rosto.

Tenho medo do que você possa estar pensando. Que eu sou certo tipo de pessoa e que você é o tipo de pessoa que sabe mais da minha história do que eu. Mas você precisa saber o seguinte: poderia amar qualquer um deles, num instante e com todos os pedaços do meu coração, mas nenhum deles nem o mundo permitirão, de modo que me movimento entre eles, em rodovias cheias de neve e aviões lotados. Hoje de manhã estava em Nova York. Acordei na cama de Phillip. Venha até aqui, ele está nos meus cabelos. Dá para sentir o cheiro dele.

Na Minha Próxima Encarnação

Esta é uma história de amor. Embora Abby e eu nunca tenhamos sido amantes. Acho estranho ter que dizer isto sobre outra mulher, porque nunca transei com uma mulher, embora com Abby isso tivesse sido possível. É claro que com Abby qualquer coisa era possível, e muitas vezes me pergunto: se ela não tivesse ficado doente, teríamos sido amantes — um belo dia os nossos abraços, beijos e carinhos deslizariam sutilmente para alguma coisa mais? Teria sido irrelevante e redundante se a gente fizesse amor, mas poderia ter sido maravilhoso mesmo assim.

Foi no verão em que eu ganhava a vida fazendo horta orgânica. Tinha uma clientela pequena, mas fiel, que vinha comprar meus produtos e me mantinha financeiramente. Vendia para uma padaria chamada Carver's Bakery — tomates para o pão, e também para o mercado agrícola de Salt Lake City, ervas frescas para o frango e para venda. Cultivava uma gramínea medicinal para o meu senhorio, Thomas, e o namorado dele, os dois com AIDS. Trocava com Larry, da Fábrica Purina, todo o milho que seus filhos conseguissem comer por toda a ração que precisasse para a minha égua. Ela era metade selvagem e metade teimosa, e eu devia tê-la mandado para o pasto como a maioria dos meus amigos aconselhava, ou lhe dado um tiro como o resto deles recomendava, mas acreditava que nós duas poderíamos ser maravilhosas se alguma vez nos sentíssemos bem no mesmo dia.

Abby tinha longos cabelos pretos que usava numa trança e olhos da cor de jade polido. Tinha os ombros arredondados como os de uma nadadora, embora tivesse medo de água, e as mãos eram rápidas e graciosas, no entanto pareciam ser capazes de uma força incrível.

Conheci-a num curso de manejo de cavalos que ela dava em Salt Lake e do qual participei com a minha égua louca.

— Não existe cavalo-problema — Abby disse. — Alguém a ensinou a ser assim.

No meio da minha explicação de que não tinha sido eu quem tinha ensinado maus hábitos à égua, dei-me conta de que poderia ter sido. Abby tinha um jeito de olhar para mim, olhar para dentro de mim, que fazia tudo que eu dizia parecer o oposto da verdade.

— Vocês têm que se lembrar de três coisas quando estiverem trabalhando com cavalos — ela disse às mulheres reunidas para a aula. — Pedir, Receber, Dar. — Pronunciou devagar cada palavra, separando-as com uma respiração. — Então, existe alguma coisa mais simples que isso?

Naquele dia, no curso, montei o melhor que pude. Abby permanecia calma, segura, cheia de imagens.

— Seus braços e suas mãos são água corrente — ela disse. — Deixem a água cair sobre o cavalo. Deixem a sua camisa desabotoar. Deixem o corpo derreter como sorvete e pingar do fundo dos seus ossos.

Minha égua respondeu à combinação de meus sinais e palavras de Abby. Movimentava-se confiantemente, curvando-se debaixo de mim, o lombo arredondado, o ritmo regular e forte.

— Segurem a energia como se estivessem ninando um bebê — Abby ensinou. — Façam os dedos crescerem até o céu. Voem com seu cavalo. Sintam que estão dançando. — Ela se voltava de uma mulher para outra. — Evoquem o grande espírito — dizia. — Tornem-se conscientes, proíbam, permitam.

No final do dia, enquanto estávamos levando os cavalos pelas rédeas, Abby disse:

— Você é uma mulher muito, muito bonita. Diga-me que outras coisas faz.

Contei-lhe que tocava banjo, a outra coisa que estava fazendo naquela época, com um grupo apenas relativamente popular com as pessoas da minha idade, mas um grande sucesso com os velhos do Clube de Quadrilhas de Arcos Caídos.

Abby me disse que os músicos sempre a intimidavam.

No primeiro dia após o do curso em que Abby e eu passamos juntas, disse a ela que conhecê-la ia mudar a minha vida inteira. Não pareceu ameaçada nem surpresa com essa informação; no máximo ficou ligeiramente satisfeita.

— A vida nos dá o que precisamos, no momento em que precisamos — disse. — Receber o que ela nos dá é outra coisa.

Ambas estávamos envolvidas com homens não-disponíveis, um por drogas, um por álcool, ambos por natureza. Havia algumas diferenças. Ela morava com o namorado, cujo nome era Roy. Eu morava sozinha. Roy era bondoso, pelo menos, e fiel; o meu homem, cujo nome era Hardin, não era.

Falei com Thomas:

— Conheci uma mulher que se fosse homem teria me deixado apaixonada.

Mas é claro que Abby nunca poderia ser um homem e me apaixonei mesmo assim. Não é o tipo de definição em que Abby ia se atolar, mas acho que ela pode ter estado um pouco apaixonada por mim também.

Uma vez, pelo telefone, quando não tínhamos certeza de que a conversa tinha terminado, nem tínhamos certeza de termos realmente nos despedido, ambas ficamos segurando o fone, respirando sem ruído, até que finalmente ela teve a coragem de perguntar:

— Você ainda está aí?

"Somos um par de mulheres bobas — ela disse, quando finalmente paramos de rir. — Um par de mulheres bobas que querem tanto ser amigas."

Embora tendo apenas 1/16 de sangue cherokee, e mesmo assim sem prova documental, Abby era discípula da medicina dos índios norte-americanos. A cura xamânica, especificamente, era o que praticava. A cura pelo xamanismo acontece em viagens mentais que o paciente faz — com a ajuda de um tambor tocando continuamente, para o mundo inferior ou superior, acompanhado pelo seu animal de poder. O animal de poder serve como intérprete, guardião e muitas outras coisas para o paciente. Acredita-se que os animais têm pena de nós por causa da confusão com que nos cercamos. O aprendizado acontece no campo de energia onde o animal e o ser humano se encontram.

Uma excursão para o mundo inferior guiada por um búfalo não é o tipo de coisa que uma moça branca de Nova Jersey descobriria sozinha, mas para mim tudo que vinha da boca de Abby era mágico. Se ela me dissesse que o mundo era plano, teria encontrado um meio de tornar isso uma verdade.

Quando Abby me ensinou os métodos da cura xamânica, comecei a tentar a viagem também. Abby tocou tambor para mim. Sacudiu o chocalho em volta do meu corpo, e soprou poder no meu plexo solar e no topo da minha cabeça. O tambor alterou meu estado mental, sem dúvida, mas não consegui me fazer ver qualquer coisa que pudesse definir. Se apertasse o braço com bastante força contra os olhos conseguia começar a ver luzes girando. Mas um túnel? Outro mundo? Animais e espíritos? Isso eu não conseguia invocar.

— As pessoas têm diferentes quantidades de potencial espiritual, e para algumas demora um pouco — ela disse. — Não fique desanimada com essa demora.

Então continuei tentando transformar em formas as coisas debaixo das minhas pálpebras, e na hora de contar exagerava a verdade do que tinha visto. Queria ir a todos os lugares aonde Abby conseguia ir. Tinha medo que ela pudesse encontrar outra amiga com mais potencial espiritual do que eu.

— Você está vendo de um modo que nunca viu antes — disse Abby. — Só não sabe como reconhecer isso. Não é como um desenho animado debaixo das suas pálpebras. Não é como uma TV de muitas polegadas.

Finalmente o meu cérebro começou a fazer conexões lógicas entre as coisas que estava vendo.

— É um urso correndo para longe e depois voltando — dizia. Os olhos verdes de Abby nunca deixavam que os meus hesitassem. — Um urso enorme e branco que conseguia correr em duas patas. — Parecia que enquanto eu dizia as palavras, fazia as coisas serem assim. — Estava dando cambalhotas, também, e rolando nas moitas de *blueberries*.

Eu não tinha a sensação de estar mentindo, mas também não tinha a sensação de que aquilo era verdade.

Uma coisa era certa: acreditava no que Abby via. Se ela dissesse que tinha subido aos céus e seguido as estrelas até a África do Sul, se dançasse nos telhados de Paris com seus ancestrais, se ela e o seu animal de poder fizessem amor na neve siberiana, eu acreditava. Ainda acredito nela. Abby não mentia.

Mas não era apenas a magia. Abby era delicada e engraçada e falava principalmente com as mãos. Preparava um excelente purê de batatas. Tinha feito cursos avançados em botânica, biologia e história da arte. E os cavalos, Abby adorava os seus cavalos, mais do que qualquer animal de poder que sua imaginação pudesse conjurar.

— Os índios não acreditam em imaginação — contou-me. — Nem sequer têm uma palavra para isso. Uma vez que você compreenda isto totalmente, tudo fica muito mais fácil.

Tínhamos subido a montanha atrás da minha casa, bem acima da mina de prata, e estávamos deitadas numa campina que a lua tornava brilhante. Abby jogava punhados de fubá de milho no chão.

— Estou alimentando o meu animal de poder — disse. — Quando faço isso, ele sabe que estou precisando dele por perto.

Fiz para Abby grandes quantidades de molho de tomate, molho de manjericão, molho para macarronada. Trouxe-lhe brotos de abóbora, pimentões vermelhos e milho indígena para fazer um colar que seu animal de poder mandou que ela usasse.

Ela me falou da sua colega de quarto na universidade, Tracy, sua melhor amiga antes de mim, disse. O casamento de Tracy tinha terminado, Abby disse, porque Tracy estava tendo um caso com uma mulher, e o marido, Steve, não conseguiu agüentar isso. Tinham tentado fazer terapia juntos, mas Tracy no fim escolheu a mulher em vez de Steve.

— Ela disse que nunca esperava ter um caso com uma mulher — continuou. — Mas elas simplesmente se apaixonaram.

Pensei no meu amigo Thomas, como ele fica tão zangado toda vez que alguém diz que respeita a sua opção sexual.

— Não tem nada a ver com opção. — Ainda escuto ele dizendo. — Por que eu teria feito isso, se tivesse escolha?

Mas eu me pergunto se para a mulher não é uma questão de opção. Não existem mulheres que acordam cansadas de tentar transpor o abismo intransponível, que acordam prontas para abraçarem e serem abraçadas por alguém que sabe o que isso significa? Thomas era famoso por dizer:
— Na minha próxima encarnação quero ser lésbica.

— Foi o que eu fiz com Isabelle — disse Joanne, minha amiga há cinco anos, quando pedi sua opinião, como se há muito tempo já soubesse tudo sobre o seu romance homossexual. — Foi ótimo, durante algum tempo. Mas o que muitas vezes acontece é que chega um momento em que você se sente atraída por um homem e quer voltar, então é toda uma culpa inteiramente nova em cima de você. Você está magoando uma pessoa que é do seu time, que realmente a conhece, que realmente é você, eu imagino, se você parar para pensar.

— Existem coisas tão mais interessantes do que se apaixonar — disse Abby. — Se Roy e eu nos separarmos, quero viver numa casa cheia de mulheres, velhas e jovens, adolescentes e crianças. Apaixonar-se não parece chato, comparado com isso?

Tive que admitir que não. Nós duas estávamos fazendo esforço para sair da co-dependência. Eu ainda não tinha saído tanto quanto ela.

— O problema da co-dependência é que o que a gente tem de fazer para ficar co-dependente, o que tem de fazer para não ficar co-dependente, muitas vezes acabam sendo a mesma coisa.

— Então o que você ia fazer a respeito de sexo numa casa cheia de mulheres? — perguntei.

Estávamos sentadas de lado no sofá da casa dela, como crianças num rema-rema. Ela estava trançando e destrançando minha cabeleira medieval.

— Francamente, esta é a menor das minhas preocupações.
— É o que você diz agora — contestei. — Mas acho que depois de alguns anos sem, você ia começar a sentir diferente.
— É, talvez tenha razão — ela concordou, dando um puxão nos cabelos curtos na minha nuca. — Talvez o sexo acabe sendo o grande caos.

Foi só na terceira ou quarta vez que estivemos juntas que Abby me falou do caroço no seio.

— Já existe há muito tempo, uns dois anos, eu acho, mas o meu animal de poder diz que não é câncer, e além disso o caroço aumenta e diminui com a menstruação. O câncer não faz isso.

Até o médico, quando ela finalmente procurou um, disse que tinha 99 por cento de certeza de que o caroço não era "maligno" (parece que os médicos pararam de usar a palavra c....), mas ele queria extirpá-lo de qualquer jeito, só para ter certeza.

Na véspera da biópsia de Abby, fiz sua comida favorita: três tipos de abóbora assada, nozes, ranúnculos e castanhas de carvalho.

— De vez em quando tenho inveja de Hardin — falei. — Ele vive na superfície e está feliz ali. Quem sou eu para lhe dizer onde viver sua vida? Eu devia estar feliz assim na minha profundidade.

— Eu tive uma amiga na escola chamada Margaret Hitzrot — contou Abby. — Uma vez, a caminho do lugar onde íamos passar o dia esquiando, fomos o primeiro carro num engavetamento de 21 carros. O nosso carro girou e parou, a gente sequer teve um arranhão, junto do barranco de neve, mas de frente para trás, e ficamos vendo caminhonetes, caminhões de entrega, microônibus, trombarem e se rebentarem, girarem e capotarem. A Sra. Hitzrot perguntou: "Margaret, acha que devemos esperar a polícia?", e Margaret disse: "Se não chegarmos à estação de esqui antes de o teleférico abrir, o dia inteiro vai ficar estragado", então entramos no carro e fomos embora.

— Não é a pior maneira de viver — comentei.

— O problema com a superfície é que é tão escorregadia. Depois de ser derrubado de lá, é impossível subir de volta.

A parte de dentro dos braços de Abby tinha cicatrizes na pele branca, quase até os cotovelos, finas e delicadas, como uma caligrafia oriental.

— Foi há muito tempo — ela explicou. — Eu não estava tentando me matar. Meu padrasto tinha alguns problemas sérios. Houve muito abuso sexual. Nunca nem pensei em morrer. Eu só queria me fazer sangrar.

Depois do jantar, cavalgamos até a nossa campina favorita. Ela estava montando a minha égua, que em suas mãos tinha se transformado em manteiga. Eu montava um dos cavalos dela, grande, cinzento e castrado, que era honesto como pedra. Toda hora dizíamos que íamos destrocar, agora que a minha égua tinha sido amansada, mas não forcei o assunto. Tinha medo que minha égua voltasse para seus antigos hábitos e Abby se decepcionasse. Era uma coisa que nunca tinha sentido com uma mulher, esse medo horrível de fazer má figura.

— Você deu todo o seu poder para Hardin — Abby disse. — Precisa fazer alguma coisa para tê-lo de volta.

Estávamos sentadas sob o céu coberto de estrelas e Abby disse que ia viajar comigo, viajar para mim, disse. Isso se conseguia deitando as duas no chão lado a lado. Nós nos tocávamos nos ombros, nos joelhos e nos quadris. Ambas amarramos lenços em volta da cabeça, e Abby tirou de uma das bolsas da sela o seu toca-fitas e uma fita de tambor.

— Não fique sentindo que tem que viajar — disse. — Vou fazer todo o trabalho por você, mas se sentir que está entrando numa viagem, vá em frente e deixe acontecer.

Durante muito tempo contemplei as manchas brancas girando na parte de dentro do meu lenço enquanto a respiração de Abby se acelerava, regularizava e diminuía. Então vi uma luz vermelha fixa e reflexos abaixo dela. Era a minha primeira visão de verdade, nada nela questionável ou sujeito a mudar. Era luar sobre granito, eu acho, uma coisa brilhante, permanente e dura.

Abby voltou lentamente e eu desliguei a fita.

— A sua fonte de poder é a lua — disse. — Foi um urso que me contou. Um urso gigante que ficava cada vez menor. Era multicolorido, como a luz passando por um prisma. A lua cheia é daqui a cinco dias. Você tem que sair para o luar. Beber o luar. Deixar-se encher pelo luar. Leve quatro pedras e deixe que se encharquem de luar. Esta é uma delas. — Ela apertou um olho-de-tigre na minha mão. — Você terá que encontrar as outras três.

Levei flores comigo para a ala de pequenas cirurgias. Vi Abby numa cama no final do corredor. Ela estava bem acordada, acenando.

— Você trouxe flores! — disse.

— Flores de loja, arrumadas para parecerem silvestres — falei. — Como está se sentindo?

— Bem.

O médico entrou e inclinou-se sobre a cama como um velho amigo.

— O seu caroço era um tumor, Abby — disse.

— Que tipo de tumor?

— Um tumor maligno. Um câncer. (Doce alívio.) Tenho que lhe contar: dos cinco caroços que tirei hoje, e tirei cinco, o seu era o que eu menos esperava que fosse maligno.

O *pager* dele tocou e ele desapareceu através da cortina. Levou alguns segundos, mas Abby virou-se e me encarou.

— Câncer, é? O meu animal de poder estava enganado.
Depois de acomodar Abby em sua própria cama, dirigi para casa pelo caminho mais comprido, por cima da montanha. Era o dia que teria sido o aniversário de 50 anos de John Lennon, no rádio havia a maior transmissão da História, alcançando mais pessoas do que qualquer outra até então. Ao vivo das Nações Unidas. Yoko Ono leu um poema e então tocaram "Imagine". Foi a primeira vez que chorei por John Lennon.
Abby me ligou no meio da noite.
— Sei que parece loucura, mas não consigo dormir sem o meu caroço. Devia ter pedido ao médico para ficar com ele. Devia ter trazido ele para casa e guardado debaixo do travesseiro. Onde acha que ele está?

Antes da segunda operação, mastectomia dupla e exploração dos nódulos linfáticos, levei Abby até o sul de Utah, à terra que eu tinha comprado no meio do nada porque adorava aquele lugar e porque possuí-lo parecia-se um pouco com segurança. Meus seis acres no meio do deserto, onde nunca chove a não ser demais, e é mais freqüente nevar e congelar botões de cerejeira ou gear tanto que machuca a pele. Era quase todo de mato seco e juníperos, com alguns cactos.
Abby pôs os pés no chão como se os estivesse plantando. Dois corvos voaram no céu, perseguindo um pássaro menor, cinzento e azul. Cacarejos, asas ruflando, e então um punhado de penas desceu flutuando e caiu aos pés de Abby. Três penas grudadas. Na ponta de cada uma, uma gota de sangue.
Abby começou a cantar e dançar, uma música que ia inventando enquanto avançava na direção do leste.
— Por que você canta e dança? — ela tinha me perguntado uma vez. — Para elevar seu astral, certo? — ela riu. — É por isso também que eu canto e danço. Exatamente.

Cantou a mesma canção para cada um dos quatro horizontes e dançou os mesmos passos para cada um, com as penas do pássaro cinzento nos cabelos. As palavras agora me fogem, metade em inglês, metade em navajo. Era sobre luz, me lembro, terra vermelha e alegria. Quando parou de dançar e tornou a voltar-se para o horizonte oriental, a lua cheia ergueu-se bem dentro de suas mãos.

Abby parecia pequenina e solitária na gigantesca cama branca, no meio das máquinas às quais estava ligada.
— Como está? — perguntei.
— Bem — ela disse. — Um pouco fraca. Na tradição xamânica, existe uma certa perda de alma associada à anestesia. A viagens de avião, também — acrescentou. — A alma não consegue voar tão rápido e fica para trás. E você, como vai? — perguntou. — Como vai Hardin?
— Partiu hoje de manhã para as Montanhas Rochosas canadenses — contei. — Vai ficar seis semanas. Perguntei se ele queria fazer amor. Ele estava ali deitado, entende, olhando para o teto. E disse: "Eu estava justamente tentando resolver se faço isso ou se vou à loja de ferragens."
— Não quero que termine com ele porque ele é capaz de dizer uma coisa dessas — disse Abby. — Quero que termine com ele porque ele é capaz de dizer uma coisa dessas e não achar que é engraçado.

O médico entrou e começou a dizer coisas como "quimioterapia", como "radiografia do osso" e "exame cerebral", procedimentos que certamente causariam algum tipo de perda de alma.

Simplesmente porque não havia outra pessoa, liguei para Hardin no Canadá.
— É uma pena — ele disse, quando lhe contei que o câncer se estendera aos nódulos linfáticos. E, como sempre, ele tinha razão.

As noites estavam cada vez mais frias. No dia seguinte ao que Abby saiu do hospital, nós colhemos uns mil tomates verdes para fazer picles.

— Não sei onde quero que Roy esteja em tudo isto — ela disse. — Sei que seria demais pedir a ele coisas como apoio e conforto, de modo que pensei em pedir coisas que ele vai entender. Gostaria que ele parasse de fumar perto de mim. E que mantivesse a entrada da casa sem neve.

— São coisas boas, concretas.

— Eu o amo muito, você sabe — ela disse.

E, Deus me perdoe, fiquei com ciúme.

Demos um passeio na direção de Uintas, onde as folhas das árvores já tinham caído, formando um tapete sob nossos pés.

— Sabe, se quer ir a algum lugar este ano, eu entro com o dinheiro e nós vamos. Cartões de crédito — disse. — Posso fazer isso.

— Sei por que o meu animal de poder mentiu — disse Abby. — Foi a intenção da minha pergunta. Mesmo eu tendo perguntado "Estou com câncer?", o que eu queria dizer era "Será que vou morrer?". Era isso que estava mesmo perguntando, e a resposta foi não.

— Que bom que você chegou a esta conclusão.

— Tomei uma decisão. Vou parar de ir a médicos.

Alguma coisa que parecia uma pequena bomba explodiu nas minhas costelas.

— Que é que quer dizer isto? — perguntei.

— Não vou fazer a quimioterapia. Nem qualquer exame. Meu animal de poder disse que não preciso dessas coisas, que elas poderiam até ser prejudiciais, foi o que ele disse.

O ruído das folhas secas sob as minhas botas ficou alto demais para eu suportar.

— Foi isto mesmo que ele disse, Abby? — perguntei, encarando-a na trilha. — Ele abriu a boca e disse estas palavras?

Ela me rodeou e seguiu pela trilha.
— Você não vai me deixar — disse, depois de algum tempo.
— Mesmo se as coisas ficarem mesmo muito ruins.
Inclinei-me e beijei-a, delicadamente, na cabeça.

— Quero apoiar a decisão dela — falei a Thomas. — Quero até acreditar na magia dela, mas ela está ignorando centenas de anos de pesquisas médicas. Essa coisa horrível está consumindo Abby e ela não estava fazendo nada para impedir.

Estávamos a caminho da velha mina de prata que ficava não muito longe, acima da minha casa. Era a lua cheia mais próxima do equinócio de outono, tão brilhante que dava para ver a cor das folhas: o bordo vermelho, o carvalho alaranjado, algumas amarelas manchadas de marrom e outras amarelas e ainda com um pouco de verde.

— Ela está fazendo alguma coisa, sim — Thomas contestou.
— Só não está fazendo o que você quer que ela faça.
— Fazendo o quê? Escutando o animal de poder? Esperando que os espíritos do mundo inferior levem embora o câncer? Como é que isto pode significar alguma coisa para mim? Como é que posso dar esse salto?
— Você ama Abby — ele disse.
— É — confirmei. As folhas brilhantes contra o escuro das sempre-vivas pareciam uma alucinação.
— E ela te ama — ele acrescentou.
— É.
— É assim que você dá esse salto.

Não quero falar sobre os meses seguintes, o modo como o câncer emboscava o corpo dela com ataques cada vez mais poderosos. O modo como afundou em sua própria sombra, a escuridão envolvendo o que sobrara dos cabelos e da pele. Sua vitalidade minguando. Talvez queira falar sobre essas coisas, mas não agora.

Sem um médico para fornecer previsões e explicações, assistir à deterioração de Abby era como ler um livro sem narrador, ou ver um filme em outra língua. Exatamente quando a gente pensa que sabe o que está acontecendo, o enredo se complica ilogicamente.

Quando tudo ficou demais para Roy, ele se mudou de lá e eu me mudei para lá. Pensei até em tentar achar algumas senhoras e adolescentes, em chamar algumas das senhoras do Clube de Quadrilhas de Arcos Caídos, achando que poderia criar o lar que Abby tinha desejado. Na verdade, não era tão patético quanto soa. Comíamos bastante, e bem. Vimos muitos filmes bons. Eu tocava o meu banjo e Abby cantava. Ríamos muito, naqueles últimos dias. Mais, eu aposto, do que a maioria das pessoas poderia imaginar.

Abby finalmente recusou-se até a comer. O mundo tinha levado dela tudo que ia deixar que levasse, e um dia ela morreu tranqüilamente em seu quarto, contemplando seus cavalos pela janela.

Certa vez atropelei um coelho na entrada de casa, mal rocei nele, quase consegui me desviar dele. Era noite e estava muito frio. Parei o carro na lateral da entrada e caminhei até onde ele estava morrendo. Dizem que a coisa caridosa a fazer seria lhe dar um tiro ou golpeá-lo na cabeça com a alavanca do macaco, ou atropelá-lo outra vez. Mas peguei-o no colo e o segurei debaixo do casaco até ele morrer, durou apenas alguns minutos. Foi a sensação mais estranha que conheço, quando a vida, de repente, se esvaiu.

Abby e eu não dissemos nada no dia em que ela morreu. Não me ofereceu algumas últimas palavras que pudesse usar para criar um final, para levar comigo, para mudar minha vida. Segurei suas mãos durante as últimas horas, e depois, até que elas ficaram frias como o inferno.

Passei a maior parte da noite sentada ao lado do corpo, sem realmente saber o que estava procurando. Uma águia, eu acho, ou um corpo, algum pássaro enorme explodindo num clarão de estrelas de dentro do peito dela. Mas se alguma coisa saiu de Abby no final, foi uma forma que não reconheci. Teria dito que eu queria que fosse como um desenho animado, tipo Disneylândia, com efeitos especiais.

Durante dois dias depois da morte dela fiquei incapacitada. Havia tanta coisa a fazer, muito trabalho, realmente, e graças a Deus havia outras pessoas para fazer isso. Os vizinhos, os parentes dela, os meus amigos. O padrasto dela e eu trocamos olhares várias vezes, e finalmente um abraço, embora não saiba se ele sabia quem eu era, ou se sabia que eu sabia da verdade sobre ele. A mãe era a pessoa de quem eu tinha raiva, embora isso possa ser injusto, ela e eu andávamos em círculos dentro da casa para evitar uma a outra, isso funcionou até eles voltarem para Santa Cruz.

O terceiro dia era lua cheia, e eu sabia que tinha que sair e ir para o lugar, para o caso de Abby poder me ver de onde quer que estivesse. Selei minha égua pela primeira vez em mais de um ano e subimos até o lugar onde Abby e eu tínhamos nos deitado sob a nossa primeira lua cheia, menos de um ano antes. Minha égua ficou quieta, mesmo com o vento irregular e com o ruído dos passos de cervos que ocasionalmente ouvíamos. Ficou tão comportada, aliás, que isso me fez desejar que a tivesse montado com Abby, me fez ter esperança de que Abby pudesse nos ver, e então me perguntei por que, contra todos os indícios, ainda achava que Abby era uma pessoa que tinha me dado alguma coisa para provar. *Sua sela parece uma luva macia*, ela teria dito, *e seu cavalo a preenche*.

Desmontei e espalhei um pouco de fubá pelo chão. *Torne-se consciente, proíba, permita*. Coloquei as minhas pedras apontadas para cada um dos quatro horizontes: jade para o oeste, quartzo para o norte, hematita para o sul, e para o leste o olho-de-tigre de Abby. *Pedir, receber, dar*. Cantei uma canção para os pinheiros e dancei para o céu. Bebi o luar. Ele me preencheu.

Este livro foi composto na tipologia Minion
em corpo 11/15 e impresso em papel
Chamois 80g/m² no Sistema Cameron da
Divisão Gráfica da Distribuidora Record.

Seja um Leitor Preferencial Record
e receba informações sobre nossos lançamentos.
Escreva para
RP Record
Caixa Postal 23.052
Rio de Janeiro, RJ – CEP 20922-970
dando seu nome e endereço
e tenha acesso a nossas ofertas especiais.

Válido somente no Brasil.

Ou visite a nossa *home page*:
http://www.record.com.br